CUMULONIMBUS

DU MÊME AUTEUR

Histoires Jivaro : 100 nouvelles de 100 mots,
éditions Quadrature, 2008.

Les hommes à lunettes n'aiment pas se battre,
éditions Quadrature, 2010.

Un si proche éloignement, éditions Luce Wilquin, 2011.

Fragments d'un fait d'hier, éditions Luce Wilquin, 2013.

Le Zilien. Ou survie et triomphe d'un enseignant dilettante,
éditions Luce Wilquin, 2014.

Deux ans de vacances et plus, éditions Quadrature, 2016.

Petites foulées au bord d'un canal, éditions Quadrature, 2018.

Les Pantoufles, éditions L'Arbre vengeur, 2020 ; Folio, 2022.

LUC-MICHEL FOUASSIER

CUMULONIMBUS

roman

julliard

Illustration de couverture : *En direction de la pointe* © Lili Wood
Conception graphique de la couverture : Valérie Gautier

ISBN : 978-2-260-05612-6
Éditions Julliard – 31, rue Étienne Marcel 75001 Paris

À ma maman, ce livre qui évoque son pays,
l'Auvergne qu'elle aimait tant…

Le taureau s'est avancé, tête basse, écumant de rage. Ses cornes ont pris des proportions démesurées. Le cheval a reculé. Et j'ai senti le sable, porté par le vent, cingler mon visage.

L'assaut est imminent et la différence de morphologie des deux bêtes ne laisse planer aucun doute sur l'issue du combat. Le cheval voudrait fuir devant cette menace mais il ne peut pas, alors, dans l'espoir insensé de disparaître tout à fait, il se recroqueville sur lui-même. Le taureau sent que son adversaire a renoncé, il n'en prend que plus d'espace.

On voudrait pouvoir mettre fin à cette joute trop cruelle. Mieux encore, revenir en arrière, lorsque le taureau n'était pas apparu et que le cheval s'ébattait, crinière au vent, insouciant. Car c'est un cheval de Camargue, épris de liberté et habitué à galoper dans l'étendue sableuse aux odeurs de sel et de vase, caressé par les plumets des roseaux, acclamé par les flamants roses. C'est le cheval de la chanson de Brassens, *Heureux qui comme Ulysse.*

Je n'ai pas quitté des yeux la suite du combat. Le taureau s'est encore approché, il est venu se positionner juste au-dessus de la tête du cheval, de plus en plus dominateur, ses cornes à toucher la crinière. J'ai eu la vague impression qu'il souriait. Le cheval, quant à lui, ne ressemblait plus à rien, roulé en boule, masse informe. À peine distinguais-je une de ses oreilles, qui pointait en l'air, dans un dernier sursaut de volonté sauvage. Autour des deux bêtes, ce n'était qu'une immensité implacable d'où rien ne pouvait venir qui aurait pu mettre un terme à la curée.

C'est un avion de ligne qui a sauvé le cheval. Il est apparu par l'ouest, se dirigeant plein est. Il est passé au milieu des deux cumulonimbus. Sa longue traînée blanche a coupé la scène entre les deux animaux, comme on raierait un mauvais travail sur une ardoise d'écolier.

Le taureau et le cheval ont disparu. Ne sont plus restés que deux nuages isolés dans l'étendue bleue du ciel.

Ce cheval, c'était toi. Ce taureau, c'était moi. Combien de fois nous nous étions affrontées de la sorte ces derniers mois ? Je n'avais jamais cédé et je m'en voulais terriblement depuis. Peut-être aurais-je dû t'accorder cette liberté à laquelle tu aspirais, cet espace pour respirer ? Pour ça, il aurait fallu que je m'arrête, que je prenne le temps de te regarder. Être, enfin, une mère attentive, compréhensive. Tu ne m'en as pas laissé l'occasion. Tu t'es enfuie et tu m'as abandonnée aux nuages.

Mon éditeur m'avait fixé rendez-vous dans un restaurant, derrière le Panthéon. Il avait paru sceptique au téléphone, quand je lui avais expliqué, en quelques mots, le sujet de mon prochain livre. Vous visez les hautes sphères, avait-il plaisanté. Vous voyez les choses en grand, maintenant ! Je n'avais pas ri. D'ailleurs, je ne riais plus depuis des semaines. Mais je pouvais le comprendre. Par le passé, je m'étais intéressée à des mondes beaucoup plus petits. Les poupées de porcelaine, les cartes postales d'avant-guerre, les insectes. Alors, un livre sur les nuages, ça tranchait. Tout en griffonnant l'adresse sur un bout de papier, je m'étais demandé pour quelles raisons il avait choisi ce quartier du Panthéon. D'habitude, nous nous retrouvions dans un restaurant de la rue Dauphine. À deux pas du sanctuaire des grands hommes, voulait-il me remettre à ma place, en prévision de la discussion du contrat ? Mon livre sur les insectes avait obtenu un succès estimable, peut-être imaginait-il que cela me donnerait des velléités de négociation ? Des questions, toujours des questions. Ces derniers temps, j'avais pris la sale manie de trop m'en poser.

Lorsque je suis arrivée, il était déjà installé à une table, au fond du restaurant. La salle était voûtée, étroite et toute en longueur, les murs en pierres apparentes. La décoration ainsi que les spécialités inscrites à la craie sur une ardoise célébraient la Corse.

D'emblée, il a demandé si j'allais mieux. Je lui ai répondu par l'affirmative. Il s'est efforcé de sourire pour m'offrir un visage serein. J'ai continué de lui mentir en lui disant que mon projet de livre accaparait toute mon énergie et mes pensées. En vérité, lui et moi savions que je n'allais pas bien et que rien ne pouvait effacer les tourments dans lesquels je baignais depuis plusieurs semaines. Ton absence, Calypso, emplissait tout l'espace. C'était comme une masse d'air qui s'infiltrait partout, dans les moindres recoins de mon cerveau, dans tous les lieux où je me trouvais. Pas un anticyclone, mais une bonne dépression, qui laissait le champ libre aux cumulonimbus, ces nuages si lourds qu'ils nous feraient même douter de l'existence du ciel bleu. Les cumulonimbus m'effrayaient. Alors que, pour toutes les autres sortes de nuages, la distance entre la terre et le ciel semblait une couette remplie d'air, protectrice, les extensions verticales de ces masses d'air jaunes, grises et noires, figuraient des couloirs venteux par lesquels des hordes barbares, venues de l'au-delà, pouvaient venir tout dévaster, arracher, piller.

L'ultime orage avait éclaté au cœur du printemps. Je ne l'avais pas vu venir. Pourtant, il couvait depuis des mois. J'aurais dû me rendre compte plus tôt de ce tumulte qui se passait dans ta tête, cette souffrance contenue que tu affrontais, seule, sans mon aide. Tu avais tellement changé en si peu de temps et je m'étais longtemps demandé ce qui avait pu provoquer un tel bouleversement dans ton attitude. Ce fut une tempête d'une incroyable violence, des vents soufflant, tourbillonnant en tous sens. Cela s'était terminé par une terrible tornade qui avait tout emporté. Les nombreuses disputes que nous avions eues, jusqu'alors, toutes les deux, n'avaient été que coups de semonce. Je m'étais habituée à ces affrontements d'air chaud et froid qui, généralement, ne se soldaient que par quelques éclairs et une victoire de ma part. Combien de fois n'avais-je pas eu le dessus, par une réplique bien sentie, un discours moralisateur ou encore un exemple pris dans notre entourage ? Il était trop tard lorsque j'avais compris que je t'écrasais de ma supériorité d'adulte et, qu'entre nous deux, un énorme cumulonimbus avait déployé sa colonne de vents ascendants pour emplir le ciel et masquer l'horizon. Dans cette atmosphère de soufre, tu ne respirais plus. Tu avais préféré partir pour trouver un ciel plus clément. Tout aurait pu s'arranger si nous avions vraiment parlé, toutes les deux, si j'avais été moins aveugle. Une accalmie aurait pu apaiser notre relation. Au lieu de ça, je m'étais entêtée à te rabâcher de penser à ton avenir, de suivre le bon chemin, enfin, celui que j'avais décrété comme tel.

Les paroles de la chanson que tu écoutais sans cesse me sont revenues subitement en mémoire. *À seize ans, j'étais pressée d'voir le reste, aujourd'hui, j'aimerais mieux qu'le temps s'arrête, ah, c'qui compte c'est pas l'arrivée, c'est la quête.* Tu m'avais suppliée de te laisser aller au concert d'Orelsan. J'avais refusé… Par peur, sans doute. Mais peur de quoi ? Je ne savais plus vraiment.

Le serveur est venu prendre notre commande. Nous nous sommes laissé tenter par un assortiment de charcuteries corses, suivi de raviolis au brocciu, le tout arrosé d'un Clos Canarelli Figari. Le serveur nous a assuré que nous avions fait un excellent choix. Je me suis demandé s'il disait ça à tous ses clients. Peut-être le patron exigeait-il de ses employés le respect d'un protocole. Au moment de l'embauche, il leur distribuait un récapitulatif des commentaires incontournables à faire aux clients. Votre choix est excellent, ça nous vient directement d'un petit producteur, vous allez vous régaler, que des produits bio, le chef est originaire de Calenzana, on vous offre le café. On m'en avait servi un tas d'autres, tout aussi prévisibles, trois mois auparavant, neuf fois sur dix, elles reviennent à la maison, cela ne dure pas plus de quelques jours, à tous les coups une affaire de cœur, vous lui connaissiez des ennemis ? On sortait sûrement les mêmes salades à tous les parents inquiets dont la fille adolescente avait disparu. Mais, en ce qui me concernait, les quelques jours avaient passé, puis les semaines. Je m'étais mise à compter en mois. Et puis, un matin, il y avait eu cette terrible phrase lâchée par le capitaine de police dont le regard n'avait pas osé se confronter au mien.

Il n'y a plus rien à faire, nous reviendrons vers vous s'il y a du nouveau.

Il n'y avait pas eu de nouveau.

Alors, parlez-moi de ces nuages, ça m'intrigue, a dit mon éditeur en se penchant vers moi, comme s'il m'invitait à lui confier un secret de la plus haute importance. Je vous croyais plutôt au ras du sol, avec vos scarabées ou parfois dans la lune, mais pas dans cet entre-deux !

J'ai senti qu'il était intéressé et ça m'a fait un bien fou. Je lui ai alors expliqué en quoi consistaient les paréidolies. C'est ce que notre cerveau fait quand il donne une interprétation visuelle à une forme aléatoire, comme un rocher, les plissements sur un tronc d'arbre ou, justement, un nuage. Le plus courant est de voir des visages. Je vais partir à la chasse aux paréidolies, mais je me limiterai à celles que je trouverai dans les nuages. En dépit de leur aspect éphémère, je les fixerai définitivement en les photographiant. J'ai sorti mon laïus d'une traite, sans reprendre mon souffle. La lassitude qui me tenait depuis trop longtemps ne me donnait pas la force de fournir plus d'explications.

Mon éditeur a paru convaincu. Était-ce vraiment l'idée du livre qui l'incitait à me faire confiance ou bien ce qu'il imaginait être un regain d'enthousiasme de ma part après des mois de repli ? Toujours est-il qu'au moment où le garçon nous a apporté notre dessert – des fiadones au citron –, il m'a dit qu'il croyait en mon projet. Il m'a même assuré qu'il avait hâte de voir les premières photographies et les textes qui les accompagneraient. Il a aussi évoqué le travail d'un illustrateur qui pourrait rehausser à l'encre de Chine les paréidolies pour les mettre en valeur. Il espérait que le livre serait aussi poétique que mon précédent sur les insectes. Il me donnait carte blanche. Pour ce qui était des conditions, nous n'avions qu'à refaire un contrat à l'identique du précédent ; Delphine, sa secrétaire, me l'enverrait. Prenez votre temps, faites-nous un beau livre qui nous fasse rêver, a-t-il ajouté.

Je m'étais alors sentie telle une grande malade qu'on envoyait en cure de repos.

Je me suis levée et j'ai marché sur l'ancien chemin de halage. Les arbres bordant le fleuve, que j'avais trouvés si verts et pleins de vie lorsque j'étais descendue de ma voiture, m'ont paru, d'un coup, bien sombres. Comme si quelque chose les avait contrariés. Les yeux me piquaient. Sans doute, allongée à même le sol, avais-je trop regardé le ciel. La blancheur laiteuse des cumulus avait fini par m'éblouir. Mon dos et ma nuque n'avaient pas été épargnés, eux non plus, et me le faisaient savoir par quelques tiraillements, m'obligeant à adopter la posture voûtée d'une vieillarde. Il fallait trouver une solution. Peut-être me procurer un transat pliant. J'ai pensé à ce genre de modèle en tissu fleuri et armature de tube métallique en vogue dans les années soixante-dix.

J'ai continué à remonter la Loire sur plusieurs centaines de mètres. À cet endroit, elle gardait un aspect encore sauvage. De loin en loin, de rares demeures bourgeoises – maisons de campagne aux volets clos, pour la plupart – jalonnaient son cours. Au bout d'un moment, j'ai aperçu une silhouette qui se profilait au loin. Un pêcheur. Ça m'a donné un but, au moins une étape. Sinon, où me serais-je arrêtée ? Je sentais qu'au fond de moi il n'y avait plus de limites, toutes les digues avaient rompu, j'étais prête à me laisser porter tel un bouchon sur l'eau. Alors, un pêcheur, ça tombait bien. Et puis, je me suis souvenue de nos parties de pêche. Ce devait être l'année de ton CP. Vous aviez lu un livre en classe qui parlait d'un poisson. Ça s'appelait *Bulle, le petit gardon.* Tu avais adoré ce livre. J'avais aimé ces dimanches où nous partions tous ensemble, avec ton père, de bonne heure. La veille, je préparais les sandwichs. Dans la voiture, tu t'efforçais de parler comme une adulte. Nous étions alors bien loin d'imaginer que, quelques années plus tard, tu ferais tout pour fuir ce monde d'adultes. Nous nous éloignions de la Seine, de l'agitation de Paris, pour nous retrouver au bord du Loing, du Morin, de la Bièvre. Une petite famille heureuse.

Tu ramenais souvent plus de prises que ton père. Tu disais que ça ferait des copains pour *Bulle*.

Au fur et à mesure que je me rapprochais, je cherchais ce que j'allais lui dire. Le traditionnel *ça mord* ? Le contenu de son seau allait ensuite, tout naturellement nourrir nos premiers échanges. Mais après ? Les yeux fixés sur sa ligne, il n'a pas bougé jusqu'à ce que je sois parvenue à sa hauteur. N'eut été le curieux couvre-chef tyrolien vissé sur sa tête, il incarnait l'image d'Épinal du pêcheur. Les bottes en caoutchouc, la veste kaki aux multiples poches, la boîte à hameçons et le panier casse-croûte, en osier, à ses côtés. Cheveux grisonnants, petite moustache taillée avec soin, il devait approcher les soixante-dix ans. Je me suis arrêtée et, discrètement, dans son dos, j'ai jeté un œil à la bassine plastique prévue pour accueillir ses prises. Rien. J'ai quand même posé la fameuse question. Ça mord ? Il s'est retourné brusquement comme s'il s'apercevait, seulement à l'instant, de ma présence, m'a dévisagée durant quelques secondes. Il a répondu, pas mal, oui. Vous les relâchez, une fois pris ? Non. Une fraction de seconde, je me suis demandé s'il ne se fichait pas de moi. Mais il n'en avait pas l'air. Dans le ton de sa voix, ni moquerie, ni agacement. Peut-être même une envie de conversation. J'ai regardé autour de moi en réfléchissant au moyen de m'attarder. C'est lui qui a relancé et m'a demandé si j'étais en vacances. Je n'ai pas trop su quoi répondre. En recherche, j'ai dit. Ça m'a paru le mot le plus juste. Il a eu un léger sourire et, tout en gardant les yeux fixés sur son bouchon, il a dit que la Loire était un bon endroit pour ça. On pouvait y faire des découvertes étonnantes. À condition de se montrer patient, a-t-il ajouté. J'ai hésité à lui dire que je ne disposais pas de tout mon temps, qu'il me faudrait bouger, chercher ailleurs, durant les semaines à venir, les mois peut-être. Je n'ai rien dit. J'ai juste pensé que j'aurais aimé installer une canne à pêche à côté de la sienne. Je sentais que la société de cet homme devait apporter une forme de sérénité. J'imaginais des journées faites de préoccupations simples. Regarder la pluie tomber les jours de grisaille, observer les oiseaux quand ils se posent dans l'allée d'un jardin, survoler distraitement les pages d'un journal local, surveiller un bouchon qui flotte sur l'eau.

Au loin, les cloches de l'abbaye de Saint-Benoît ont sonné six heures. Ça m'a rappelé qu'il me fallait trouver un endroit où loger pour la nuit. Vous connaissez un hôtel correct dans le coin ? Quelque chose de pas trop cher, ai-je ajouté. Je me foutais de devoir payer pour un quatre-étoiles mais je subodorais que l'homme à qui j'avais affaire ne devait guère goûter l'excès de luxe. Il y a bien l'Auberge du Vieux Pont, m'a-t-il répondu. Ce n'est pas certain qu'ils aient une chambre libre. Septembre, c'est le mois des retraités. Ils envahissent les bords de Loire. Vous n'aurez qu'à dire que vous venez de ma part, ils vous trouveront bien quelque chose. Je lui ai demandé son nom. Beauvilain, m'a-t-il répondu. Était-ce son vrai patronyme ou un surnom ? Je n'ai pas osé lui faire préciser.

L'Auberge du Vieux Pont était un établissement modeste et propret, à l'entrée de Saint-Benoît. Il restait deux chambres, l'une, côté rue, l'autre, côté jardin. J'ai choisi cette dernière tout en regrettant que la disposition du bâtiment ne permette la moindre vue sur la Loire. La bonne grosse femme qui m'a accueillie derrière le comptoir (j'ai immédiatement décidé qu'elle était la patronne) a paru à la fois étonnée et rassurée quand j'ai prononcé le nom de Beauvilain. Elle m'a donné les clefs et m'a invitée à aller voir si la chambre me convenait.

Elle me convenait. Simple, sans fioritures. Une armoire, une petite table devant la fenêtre, un cabinet de toilette avec une douche. Un lit, bien sûr. Et une vague odeur d'encaustique. Le papier peint était fleuri de roses. Elle me rappelait les chambres d'hôtel de mon enfance quand nous nous arrêtions, avec tes grands-parents, sur la route des vacances. Tu n'en avais jamais connu de semblables. Tu étais de la génération des Hôtel-Club formule *all inclusives* et des séjours à Center Parcs. Tu n'avais pas goûté aux joies du plat du jour. J'ai repensé à toutes les fois où tu m'avais tapé dix euros pour manger un kebab avec tes copines. Toutes ces fois où ça partait en vrille. Ce que nous mangions alors, chacune de notre côté, n'était qu'amertume.

J'ai posé mon sac sur la petite table et je me suis allongée sur le lit, sans prendre la peine de me déchausser. Négligence qui, dans le temps, aurait fait râler ta grand-mère. Elle ne supportait pas ça. Jamais je n'aurais osé lui désobéir à la maison mais, quand nous étions à l'hôtel, je me laissais aller. Un jour, elle avait été particulièrement choquée d'apprendre qu'un célèbre présentateur de la télévision avait pour habitude, lorsqu'il descendait à l'hôtel, de faire briller ses chaussures cirées avec les rideaux. Elle nous avait raconté plusieurs fois l'anecdote. D'où pouvait-elle bien la tenir ?

J'ai allumé mon appareil-photo et j'ai fait défiler les clichés que j'avais pris tout au long de l'après-midi. J'ai reconnu sans peine le taureau et le cheval. Ceux-ci étaient particulièrement réussis. La suite m'a semblé moins évidente. Quid de la tortue, de la plume, du lion et du Schtroumpf que j'avais aperçus si clairement sur le fond bleu du ciel ? Je ne suis pas parvenue à les retrouver dans le flot de cumulus que j'avais immortalisés. Ils m'avaient pourtant paru si tangibles au moment où je les avais photographiés. J'ai hésité quelques secondes avant de les effacer de la mémoire de mon appareil. Je n'avais aucune possibilité de revenir sur le motif, comme un peintre. La pression de mon doigt sur le petit logo figurant une corbeille était irréversible et définitive. J'ai commencé à supprimer toutes les photos ratées. Et j'ai pensé que ce serait bien pratique de pouvoir faire pareil avec les moments les plus pénibles de la vie, les jeter définitivement dans une corbeille. C'est ce que tu avais eu le courage de faire, finalement. Tirer un trait sur ton passé, balancer aux oubliettes l'année de souffrance que tu avais dû affronter. Peut-être même toutes les années passées et à venir. Je m'accrochais à la possibilité de ta fugue. Un nuage plus sombre que les autres est apparu sur l'écran de mon appareil-photo. Je ne me souvenais plus d'avoir pris ce cliché. Je l'ai regardé attentivement, et j'ai eu du mal à y déceler la paréidolie. J'ai fini par distinguer un visage, aux joues creusées, à l'air menaçant. L'incarnation de la mort ? La figure avait la bouche ouverte. Que voulait-elle me signifier ? Que tu avais décidé d'en finir une bonne fois pour toutes ? On retrouverait ton corps, un jour, rejeté sur une plage par l'océan, ou bien recroquevillé au fond d'un puits. Un frisson m'a parcouru le dos, mon cœur s'est mis à battre plus vite, c'était moi qui me mettais à tomber dans un puits sans fond. J'ai appuyé rageusement sur le bouton de la corbeille et, pour chasser ces effroyables idées, j'ai pensé au rendez-vous que nous avions eu avec ta professeure principale, l'année dernière, à la fin de ta seconde. Elle avait été dithyrambique à ton sujet. Sage, studieuse, attentive. Elle ne tarissait pas d'éloges. Elle était persuadée que tu allais faire de longues études. Tu avais, selon elle, des prédispositions. Avec les facilités en français que tu montrais, elle te suggérait de suivre des études de lettres, comme ta sœur aînée, d'envisager pourquoi pas Sciences Po. Ça ouvrait toutes sortes de possibilités. J'étais si fière de toi ! J'étais heureuse. Nous avions mangé des sushis pour fêter ça. Si elle avait su ce qui allait arriver. Ta dégringolade, tes mauvaises notes, ton comportement insolent. Jusqu'à ton allure qui avait changé, tes sweats trop larges et informes, tes jeans déchirés, tes cheveux gras, mal coiffés, et ce piercing sur la langue qui m'avait rendue folle de rage. Elle aurait déchanté, comme moi.

La photo m'est alors revenue en tête. Nette, imprimée définitivement sur ma rétine. Ton visage, à la fois surpris et courroucé, ta bouche légèrement arrondie, en un « oh » à jamais suspendu, tes cheveux lisses et bien coiffés, ton pull blanc immaculé, ta jupe plissée relevée jusqu'à la poitrine par les deux mains anonymes de celui qui, la face cachée, se tient derrière toi, tes cuisses blanches et maigrelettes, ta culotte qui n'a rien de sexy, blanche également, et tes yeux, comme des fusils qui eux, ne sont pas chargés à blanc. Et voilà que je me remettais à tomber dans le puits.

Lorsque j'ai ouvert les volets, après une nuit pénible, peuplée de cauchemars marécageux, j'ai tout de suite compris que, en ce qui concernait les paréidolies, la journée serait perdue. Le ciel était d'un gris clair uniforme, entièrement couvert par des altostratus. À moins que le vent ne se lève, il n'y avait guère d'espoir d'observer la moindre forme intéressante dans cette masse nuageuse sans fin. J'avais pourtant choisi de faire halte sur les bords de Loire en pensant que le temps y serait d'humeur changeante, et que les nuages défileraient à belle vitesse au-dessus du fleuve. Là, tout semblait figé en une désolante immobilité.

L'immobilité, c'était peut-être ça finalement qui t'avait poussée à t'éloigner. Jours sans fin, incertains, sans avenir. Jours pour rien, où tu t'étais sans doute sentie piégée par l'inertie de la vie, écrasée, souris broyée par le ressort d'une tapette. Même plus capable de ramper pour trouver une hypothétique sortie. Toi aussi, tu étais tombée dans les marécages et l'unique bouée qu'on t'avait proposée consistait à réussir tes examens. Il t'aurait fallu des ciels bleus, parsemés de cumulus éclatants de blancheur. Des ciels où t'envoler.

Et voilà, à peine levée, mes premières pensées étaient pour toi.

Après un brin de toilette, je suis descendue. L'hôtel semblait désert. Les couverts du petit déjeuner, qui n'avaient pas encore été débarrassés, gisaient en désordre sur les tables de la terrasse, comme si un vent de panique avait fait fuir, d'un coup, tous les clients. Le bruit des douches alors que je traînais dans mon lit m'avait déjà fait comprendre qu'ici on se levait tôt. Je n'étais pas au même rythme et je ne savais pas si cela me réjouissait ou m'inquiétait. Depuis des semaines, j'étais à côté, en marge.

Une jolie brunette, sûrement employée saisonnière, m'a apporté mon petit déjeuner. Dans le bonjour enjoué qu'elle m'a adressé, j'ai senti qu'elle se réjouissait d'avoir affaire, pour une fois, à une cliente qui n'appartenait pas à la catégorie des séniors.

J'incarnais un semblant de jeunesse, moi qui, c'était un comble, me sentais si vieille ces derniers temps.

J'aurais pu reprendre la route le jour même, descendre plus au sud, rejoindre l'Auvergne, comme je comptais le faire au départ. J'ai décidé de rester une journée de plus. Quelque chose me retenait. Une peur larvée, qui n'avait pas la courtoisie de se présenter. L'angoisse que le chemin ne se termine en cul-de-sac. Et puis, même si les théories animistes m'avaient toujours laissée dubitative, j'avais l'impression que la Loire m'en aurait voulu de la quitter si vite. Il me fallait apprendre à retenir les choses, les nuages, l'eau, le vent, les mots, les souvenirs…

J'ai erré une bonne partie de la matinée dans les ruelles de Saint-Benoît, longeant des fenêtres aux rideaux tirés derrière lesquelles j'imaginais qu'on m'observait. J'ai pensé à Simenon qui se plaisait à décrire les petites villes de province. Les maisons et les rues de Saint-Benoît auraient pu servir de décor pour une enquête du commissaire Maigret. Mais est-ce qu'il y avait une gare ici ? Les quelques panneaux aux alentours ne m'ont pas renseignée. Rien. Tout portait à croire qu'on ne venait pas en train à Saint-Benoît. Le célèbre commissaire aurait eu toutes les peines du monde à y descendre. Aurait-il su, lui, où te chercher ? Il aurait sûrement su repérer des indices. J'ai pensé à cette photo que j'avais trouvée dans ton Smartphone le jour où, à ton insu, j'avais essayé de chercher des explications à ton changement de comportement. « La photo à la jupe retroussée » comme j'avais pris l'habitude de la nommer dans ma tête. Maigret aurait réussi à la faire parler. Il aurait trouvé à qui appartenaient ces mains qui soulevaient ta jupe. Moi, je m'y étais mal prise. J'avais essuyé une terrible colère lorsque je t'avais parlé de cette photo, tu avais hurlé, ulcérée que j'aie fouillé dans tes affaires, m'accusant de m'occuper de ce qui ne me regardait pas. Tu t'étais enfermée dans ta chambre et dans un mutisme dont tu n'étais plus sortie. Je n'avais pas osé revenir sur le sujet. Qu'aurais-je dû faire, Calypso ? Qu'attendais-tu de moi ? Une mère pouvait-elle réagir autrement face au changement brutal de sa fille ? Si je n'avais rien dit du tout, demandé aucune explication, tu aurais pensé que je ne t'aimais pas.

Je suis passée devant l'abbatiale. Là, un petit groupe de vieux – je ne me faisais pas au vocable « séniors » –, fraîchement descendus d'un car, piaillaient comme des adolescents en attendant que leur guide ait fini de se renseigner sur les modalités de visite. Je me suis dit qu'une retraite dans un lieu spirituel comme celui-ci pourrait être bénéfique pour moi. J'ai regretté de ne pas y avoir pensé plus tôt. En même temps, je ressentais le besoin physique du déplacement. En bougeant, il y aurait toutes les chances, à un moment, d'être plus près de toi et cette perspective me faisait terriblement de bien. Quant à l'éventualité de te retrouver, qui tenait du plus pur hasard, je n'osais trop y penser tant elle me bouleversait.

Sans que j'en aie éprouvé le désir précis, mes pas m'ont conduite sur les quais de Loire. L'espace dégagé par le lit du fleuve me dévoilait un horizon bouché et morose. Les nimbostratus succédaient aux altostratus du début de matinée, donnant une teinte plus foncée à l'ensemble. L'aquarelle qui s'offrait à mon regard illustrait à merveille le mot « mélancolie ». Et le peintre, perfectionniste, apportait les dernières touches par quelques gouttes de pluie éparses.

J'ai pris le chemin de halage que je connaissais déjà. Et je n'ai pas été surprise d'apercevoir, au loin, au même endroit que la veille, la silhouette de mon pêcheur. Je n'avais pas grand-chose de prévu, ça pouvait me faire passer le temps. J'ai senti que je pressais le pas. Lorsque je suis parvenue près de lui, il m'a saluée d'un mouvement du menton, comme il l'aurait fait avec un habitué des lieux, et m'a proposé de m'asseoir à ses côtés sur le pliant libre. Je ne savais pas pourquoi mais il me paraissait évident qu'il avait apporté ce deuxième siège pour moi.

Un saule nous protégeait de la bruine qui avait forci.

Il m'a demandé si l'hôtel m'avait convenu. Je lui ai dit que c'était un établissement tout à fait agréable. Puis nous avons échangé des banalités sur le temps qui n'était pas à la fête mais qui pouvait offrir de belles prises. J'ai regardé dans la bassine en plastique. Un fond d'eau jaunâtre, pas le moindre poisson. Ça ne veut pas donner, ai-je dit. Au contraire, a-t-il répondu sans quitter des yeux le bouchon parfaitement immobile à la surface de l'eau. Je me suis dit que c'était tout de même étrange, ce type qui niait l'évidence. Certainement que le mot « bredouille » devait lui arracher les tripes. Peut-être était-ce, d'ailleurs, un mot à ne rigoureusement pas prononcer en présence d'un pêcheur ou d'un chasseur. Une manière de superstition, comme « lapin », ou « corde » sur un bateau. Nous sommes restés silencieux un bon moment. Le mot « bredouille » s'est mis à zigzaguer dans mes pensées. J'aimais bien son côté désuet. Voilà un mot que je n'avais pas dû prononcer très souvent. J'ai pensé qu'il aurait été intéressant de savoir combien de fois on utilisait les mots dans une vie. Tenir des statistiques. Et pouvoir comparer. « Bredouille », prononcé quatre-vingt-deux fois à trente-cinq ans, cent dix-huit fois dix ans plus tard. Et puis surtout, savoir pour certains mots, autrement plus importants. Quid des « je t'aime », « pardon », « j'ai peur » ? J'ai réalisé que Sylvain m'avait dit plus souvent « moi aussi » que « je t'aime ». Je n'avais pas su le garder. Il m'avait abandonnée, il vous avait aussi laissées ta sœur et toi. Tu étais alors si jeune et fragile. Tu avais dû souffrir terriblement. Peut-être même que tout avait commencé à chavirer dans ta tête à partir de ce moment-là. J'aurais dû mettre mon énergie à vous protéger, à vous envelopper dans un nuage d'amour, un gros cumulus de tendresse.

Vous venez tous les jours ? ai-je demandé. Il m'a dit que, oui, quel que soit le temps, il était à son poste.

C'est une discipline, a-t-il ajouté. Il avait prononcé cette dernière phrase en détachant les mots. Ça m'a fait penser au yoga, au tai-chi, à toutes ces choses en vogue, venues de loin, pour nous rapprocher de nous-mêmes. Les gens prenaient parfois de drôles de détours alors que mon pêcheur, sans fioritures, avait l'air tout aussi serein qu'un moine bouddhiste. Je lui ai demandé quel genre de poissons on pouvait espérer prendre ici. Il m'a répondu que certains en tiraient des gardons, aspes, perches, chevesnes, brochets et autres sandres. Je n'ai pas osé lui avouer que, brochet mis à part, j'aurais été bien incapable de reconnaître ces espèces. Il ne m'a pas mise au défi et a préféré me demander si j'avais avancé, depuis la veille, dans mes recherches. Ma réponse a été une espèce de moue grimaçante et il a paru s'en satisfaire. Je lui savais gré de ne pas pousser plus loin ses questions afin de connaître l'objet de ces recherches. Il a regardé en l'air, le ciel, sur sa droite en amont du fleuve, puis sur sa gauche en aval. Et il m'a dit : qu'importe la destination, seul le chemin compte. Un silence s'est installé durant quelques secondes, seulement troublé par les cloches de l'abbaye qui ont sonné un bon nombre de fois. Je n'ai pas eu le réflexe de compter.

J'avais abandonné le port de la montre depuis plusieurs semaines – la mesure du temps avait-elle encore un intérêt alors que, pour moi, celui-ci semblait s'être définitivement arrêté –, mais il devait être onze heures ou midi. Mon voisin s'est levé, a commencé à rassembler ses affaires. Puis, il a enroulé le fil de sa canne à pêche en actionnant le moulinet. Quand l'extrémité est sortie de l'eau, alors qu'à la suite des petits plombs de lestage je m'attendais à voir apparaître l'hameçon, j'ai constaté qu'il n'y avait rien. Le fil se terminait libre. Je lui en ai fait la remarque. Il n'a pas paru surpris. Au contraire, il m'a souri et m'a dit qu'il ne jugeait pas utile d'en mettre. Ce qu'il pêchait ne s'attrapait pas avec un hameçon. Je lui ai alors demandé ce qu'il escomptait attraper pareillement outillé. La même chose, peut-être, que ce que vous espérez trouver, m'a-t-il répondu. Puis, il m'a saluée en soulevant son chapeau et s'en est allé sur le chemin de halage. Qu'étais-je en train de chercher ? Au fond, c'était une bonne question. J'avais eu le sentiment de passer complètement à côté de Calypso quand elle était près de moi, de ne pas la comprendre. Je n'avais pas été assez attentive. J'avais voulu lui imposer une vie, celle que je souhaitais pour elle, mais je n'avais pas cherché à comprendre SA vie. Maintenant qu'elle était absente, je sentais qu'il me fallait tout mettre en œuvre pour la retrouver. Ça passait par ce voyage jusqu'en Auvergne. Et j'aimais à penser que si Calypso me voyait sur cette route, elle en serait heureuse et reconnaissante.

J'ai été déçue, en regardant s'éloigner le pêcheur, qu'il ne se retourne pas.

Le lendemain, lorsque je suis sortie de l'hôtel, j'ai regardé en l'air. C'était devenu un réflexe. Le ciel s'était remis à vivre après la pâle et triste immobilité de la veille. Le vent soufflait avec force, de sorte que les cumulus filaient à vive allure, en rangs serrés, comme un escadron de hussards en pleine charge. À ma verticale, un nuage plus haut que les autres semblait vouloir rester sur place. Un cavalier réfractaire qui refuserait obstinément de partir au combat ? Une scène m'est alors revenue en mémoire. Ton premier jour d'école maternelle. Le moment de la séparation. Les autres enfants qui courent en tous sens dans la classe, qui s'agitent, gesticulent. Et toi, seule, dans ton coin, qui les observes sans rien dire. Tes yeux immenses et pleins de larmes. Et moi, si dure et inflexible, qui fronce les sourcils et te fusille du regard à travers la porte vitrée de la classe. Sans même me rendre compte que tu n'as que trois ans. Comme tu as dû être triste ce jour-là !

J'ai repris la route avec l'intention de rejoindre l'Auvergne en fin de journée. Peut-être pas Allanche, mais les premiers contreforts du puy de Dôme. J'avais donc du temps devant moi, rien ne pressait. J'avais opté pour les départementales. Gien, Cosne-sur-Loire, Sancerre, Bourbon-l'Archambault. Je me suis arrêtée à Saint-Pourçain-sur-Sioule. Souvenirs de mon enfance quand nous descendions en vacances. Nous y faisions souvent halte. Je crois que mon père aimait l'atmosphère provençale, ces platanes sur la place principale, ne manquaient que les joueurs de boules. La Loire était franchie, nous étions arrivés dans le Sud.

Il était presque cinq heures, la plupart des restaurants montraient porte close. Seuls quelques bars donnaient à la ville un semblant d'animation. Je me suis assise à la terrasse de l'un d'eux et j'ai commandé un thé. Du temps où nous formions encore une famille, tous les quatre, nous aussi nous étions arrêtés à Saint-Pourçain. Peut-être nous étions-nous même assis à cette terrasse. Ça me paraissait si loin. J'ai eu soudain l'envie d'appeler Marie, lui annoncer que sa mère avait pris la route, lui dire de ne pas s'inquiéter si jamais je ne passais pas la voir durant plusieurs semaines. C'était sûrement mieux de la prévenir ainsi. J'étais seule à la terrasse, ça m'a décidée. Je n'aurais pas supporté que quelqu'un entende notre conversation. J'ai composé le numéro sur mon portable. J'espérais de tout cœur ne pas tomber sur une voix masculine.

C'était Marie. La voix de Marie, douce et légèrement voilée. Non, je ne la dérangeais pas. Elle était en train de préparer le prochain cours de ses troisièmes. Je lui ai demandé ce qu'ils étudiaient à cet âge-là. Nous allons travailler sur la nouvelle. Ils vont lire *La Parure* de Maupassant. À la fin de la séquence, chacun d'eux devra écrire une nouvelle, a-t-elle ajouté avec enthousiasme. J'ai pensé qu'il était bien dommage que ce soit toujours Maupassant qui revienne sur le tapis dès lors qu'on évoquait le genre de la nouvelle en France. Il y avait pourtant d'autres auteurs qui excellaient en la matière. Le nom d'Éric Holder m'est venu en tête. T'avais-je seulement parlé de cet auteur ? J'aurais dû te prêter ses livres. Je n'ai pas fait part de mes réflexions à ta sœur. J'ai juste dit que la nouvelle, c'était une bonne idée. Au temps du langage SMS, étudier des textes courts était sûrement la solution pour amener les ados à la littérature.

Un trente-huit tonnes est passé juste devant la terrasse, faisant trembler les vitres derrière moi et couvrant la voix de Marie. Qu'est-ce que tu dis ? Je te demande si tu es sur Paris, a-t-elle répété. Justement non, je t'appelais pour ça. Je suis partie. Je ne sais pas pour combien de temps. Elle est restée silencieuse durant quelques secondes. Elle devait se demander ce que j'avais en tête, quelle mouche m'avait piquée pour m'être éloignée, comme ça, sans prévenir. Allait-elle prononcer ton prénom ? J'ai un nouveau projet de livre, ai-je dit pour relancer et m'épargner des explications. Il faut que je me déplace dans pas mal d'endroits pour mener à bien ce travail. Nouveau silence. Elle ne devait pas être dupe. Tu me donneras des nouvelles ? m'a-t-elle demandé. Je lui ai répondu que j'avais mon portable, que je l'appellerais régulièrement. Et j'ai ajouté, je t'appellerai, toi. Elle a dû comprendre le sous-entendu car elle m'a dit : si tu veux, de mon côté, je préviendrai papa.

Un jour que nous allions en Auvergne, avant d'arriver à Riom, de façon assez étonnante, mon père avait ralenti en pleine ligne droite, presque à s'arrêter. Il nous avait désigné du doigt, par sa glace à demi baissée, le mur du cimetière contre lequel Fernand Raynaud avait joué son ultime sketch (lancée à vive allure, sa voiture – une Rolls – s'y était encastrée quelques années plus tôt). Loin d'être émue devant ce lieu particulier, la gamine que j'étais alors avait été plutôt étonnée de réaliser que des personnes très connues pouvaient emprunter les mêmes routes que tout un chacun, ressentir les mêmes cassis, les mêmes dénivellations. Je pensais que d'autres voies leur étaient réservées. M'étais-je réjouie d'apprendre le contraire ? Pas sûr. Peut-être avais-je été déçue. À quoi cela servait-il d'être une star si c'était pour finir comme n'importe quel quidam ?

Je me souvenais que c'était à l'entrée d'un petit patelin mais je n'ai pas retrouvé l'endroit. Était-ce à Aigueperse ? Le Cheix-sur-Morge ? Tout ce que je savais, c'est que j'allais bientôt arriver à Clermont-Ferrand, cette ville que Fernand Raynaud n'avait jamais atteinte, ce fameux jour de 1973. J'étais vivante, j'avais mon réservoir d'essence aux trois quarts rempli. Le ciel semblait vouloir s'éclaircir à l'ouest. Je pouvais presque me sentir heureuse. Je me suis dit que ce ne serait pas mal de faire étape à Clermont. Histoire de voir du monde. À Paris, ce n'était plus possible. Chaque fois que je sortais de chez moi, j'avais peur de croiser une connaissance, de devoir mener une conversation. Je n'en avais plus la force. Au tout début, ça passait encore. Mais très vite, je n'ai plus supporté les allusions, les sous-entendus pour en savoir plus, l'air faussement compatissant de celui qui s'arrêtait un instant, prenait des nouvelles et repartait tout ragaillardi, content de se sentir épargné par la vie. À Clermont, je ne connaissais personne. J'étais à l'abri. J'allais pouvoir marcher au milieu de la foule, en toute tranquillité.

En une demi-heure, j'ai été rendue. J'ai garé ma voiture dans un parking souterrain, sous la place de Jaude. Comme dans de nombreuses villes, la place centrale, l'agora, ce lieu de rassemblement pour échanger, partager, frémir à l'unisson pour de grands événements, reposait essentiellement sur du vide. À la manière de nos vies qui se construisent sur des malentendus, des non-dits, des lâchetés, tout en laissant l'essentiel de côté. C'est ce qu'il y avait eu entre Sylvain et moi, du vide. Notre couple ne pouvait pas tenir. C'était pour ça qu'il était allé voir ailleurs. Tu avais suivi son exemple, finalement.

Quand je suis parvenue à l'air libre, après avoir effacé une volée d'escaliers, mon regard a tout de suite été happé par le ciel. La ligne faîtière des immeubles qui entouraient la place découpait un cadre à l'intérieur duquel la masse des nuages se répandait en un lavis de nuances grisâtres. Ici ou là se formaient des trouées plus claires, comme des taches sur un buvard. Rien de vraiment exploitable pour mon livre. Dans un sens, ça m'arrangeait. Je n'avais pas à guetter le ciel pour traquer la moindre paréidolie. J'allais marcher l'esprit libre, profiter de cet abandon consenti à la foule qui se pressait sur les trottoirs. C'était l'heure de la grande migration quotidienne de fin d'après-midi, la sortie des bureaux. J'ai commencé à arpenter les rues, au hasard, avant de suivre les panneaux qui indiquaient la direction de la cathédrale Notre-Dame-de-l'Assomption. C'était curieux de se retrouver si près des gens, à les frôler lorsque le trottoir se rétrécissait, à mélanger son haleine à la leur, tout en ayant la sensation d'évoluer dans un autre espace-temps qu'eux, légèrement ralenti en ce qui me concernait.

Je voulais dégoter un hôtel. Mais c'était plutôt les magasins de vêtements qui tenaient le haut du pavé, des enseignes aux consonances anglo-saxonnes. Cool Running, Cindy Class, Fashion Victim. C'était fini le temps où, en province, on se targuait d'offrir le meilleur du Chic Parisien. J'ai fini par trouver mon bonheur dans une ruelle du vieux centre, derrière l'office du tourisme. Un hôtel avec de grandes baies vitrées fumées. Là encore, au milieu des anciens immeubles en pierre volcanique, on jouait la carte de l'international. Les chambres proposées relevaient des *standings A et B,* le petit-déjeuner *continental* était servi dans le *lounge* du *ground floor.* Pour tout renseignement, *please,* s'adresser au *desk.* Toi aussi tu utilisais l'anglais à tort et à travers. *Oh my god !* La *lose !* Cela m'agaçait. Combien de fois je t'en ai fait la remarque ! Tu te mettais à bouder. Tu t'emmurais dans ton silence. Qu'est-ce que cela pouvait bien me faire, après tout ? Du moment que tu me parlais.

Sitôt ma chambre réservée, je suis ressortie pour me mettre en quête d'un endroit où dîner. Un lieu où je pourrais manger autre chose qu'un hamburger ou une pizza. Le soleil avait commencé à sérieusement décliner. Quand le hasard d'une perspective m'en laissait la possibilité, je distinguais, mais avec une netteté approximative, les contours du puy de Dôme. J'ai repéré, rue de la Treille, une brasserie qui servait à toute heure son plat du jour, de la saucisse-truffade. Je me suis dirigée vers le fond de la salle, loin de la terrasse où des joyeuses tablées de jeunes – peut-être des étudiants de fac ou d'université ? – buvaient des mojitos et des pintes de bière. En passant devant eux, mon regard a cherché presque malgré moi ton visage. C'était vain et idiot, j'en avais parfaitement conscience. Que serait venue faire parmi eux une gamine d'à peine seize ans ? C'était devenu un réflexe. À Paris aussi, il m'arrivait souvent de me retourner sur des groupes de jeunes qui se pressaient devant les cinémas ou à la terrasse de bistrots. J'aurais été si heureuse et soulagée de te voir, même habillée comme l'as de pique. Je me serais assise à la terrasse d'en face et j'aurais fait ce que je n'avais jamais réussi à faire avec toi : je t'aurais regardée vivre et je m'en serais repue.

Pour patienter en attendant mon plat, j'ai commandé une Avèze.

Presque malgré moi, j'ai saisi mon portable et mon pouce a pressé l'icône d'Instagram. Ton profil. Rien de neuf. Pas de nouvelle story. Le temps s'était arrêté, sur ce post daté du 26 mai, trois mois déjà, cette dernière photo, où ton visage apparaissait en très gros plan, la pointe du menton coupée, une casquette de rappeur américain vissée sur la tête, cigarette à la bouche, l'air plein de morgue. La Calypso que j'avais rejetée, que je n'avais pas voulu accepter. En accompagnement, toujours ces mêmes mots, que je trouvais un peu ridicules.

Kiffe la killeuse. Liké vingt-trois fois. Quatre commentaires.

Shereen M
Comment tu fais la belle !

16 semaines

Florian Gaultier
On ta pas vu chez Sandra ?

16 semaines

Sandra
Oui, tu aurais pu venir. C'était mon anniv quand même !

16 semaines

Romain Gasperini
En chair et en os, à Feydit ! Trop envie de toi ! 😉

15 semaines

Quinze semaines. Quinze semaines s'étaient écoulées depuis ce jour où nous avions été convoquées par le proviseur de ton lycée. Tu étais habillée à l'identique, avec la même casquette. Je n'avais pas osé te dire de te changer de peur que tu refuses de m'accompagner au rendez-vous. Ça avait été pour moi un moment particulièrement pénible dont je me souviendrais toute ma vie. J'avais eu honte. Seule. Ton père avait prétexté un empêchement de dernière minute. Dans un sens, ça m'avait arrangée. Je n'avais pas envie de le revoir. Et certainement pas dans ces conditions. Le proviseur n'y était pas allé par quatre chemins. Votre fille ne semble pas prendre conscience que le bac de français approche. Ses résultats sont catastrophiques, son attitude en classe, quand elle daigne se présenter, est plus qu'incorrecte. Il va falloir qu'elle se ressaisisse au plus vite ! Tout le temps qu'il avait parlé, tu n'avais cessé de mordiller un bâton de sucette. J'avais essayé de te défendre, j'avais promis que ton comportement allait changer. Tu étais restée muette comme si tu ne te sentais pas concernée. Mais qu'est-ce que tu pouvais avoir dans la tête à ce moment-là ? Lorsque nous étions sorties, j'avais juste attendu d'avoir tourné le coin de la rue pour t'administrer une énorme gifle. La seule que je t'ai donnée de toute ton existence. Cette gifle, si tu savais le nombre de fois que je l'ai revue dans ma tête.

Tu t'étais enfuie le soir même.

Cet Hercule aux pectoraux saillants, s'offrant sans pudeur à la caresse du regard, avait tout l'air d'avoir été missionné pour me souhaiter la bienvenue dans le Cantal.

J'ai arrêté la voiture, en toute hâte, sur le bas-côté, manquant de peu de verser dans le fossé, j'ai sorti mon appareil-photo, fouillé dans le sac où je pensais l'avoir rangé, coupé le moteur, réglé la mise au point, serré le frein à main, appuyé sur le déclencheur, ouvert ma portière, finalement déniché l'appareil dans la boîte à gants, regardé dans mon rétroviseur intérieur, appuyé vivement sur la pédale de frein, traversé la route pour grimper sur un monticule, vérifié l'état des piles-batteries, mis mon clignotant.

Et cadré.

À vrai dire, j'avais été ridicule de me précipiter. La journée s'annonçait sans vent, avec un ciel dégagé juste parsemé de quelques bons gros cumulus épars et lents qui acceptaient bien volontiers de prendre la pose. J'ai pris une dizaine de clichés, ajoutant à ma collection le profil d'un Iroquois et une Australie allongée au niveau du cap Leeuwin, puis je suis retournée à ma voiture. J'ai regardé l'horloge digitale sur le tableau de bord. Il était 9 h 46. Au loin, en contrebas, un tracteur manœuvrait au milieu des champs. Depuis que j'avais passé Anzat-le-Luguet et que je m'étais engagée sur la départementale D39, c'était le seul signe de présence humaine, mais il était suffisant pour effacer le vague sentiment de vulnérabilité qui m'avait saisie depuis que je roulais au milieu des immenses étendues herbeuses du Cézallier. Le coin n'avait donc pas été abandonné par les autochtones, nulle fuite devant l'imminence d'une catastrophe – éruption volcanique, explosion d'usine d'engrais, invasion massive de barbares hollandais en recherche de lieux de villégiature – j'allais retrouver Allanche et ses environs tels que nous les avions laissés l'année précédente, au sortir d'un mois de vacances au grand air.

Un rassemblement de vieilles voitures, Traction, Juvaquatre, Peugeot 203, Simca Aronde, se tenait sur la grand-place, à l'entrée d'Allanche, m'obligeant à me garer assez loin du centre. Alors que j'avais pensé entrer dans une ville endormie, délaissée par ses touristes estivaux, c'était au contraire un bourg en pleine effervescence qui m'accueillait. Banderole en travers de la rue principale. *La fête de la salers* se tiendrait tout le week-end. Nulle indication pour préciser si on allait mettre à l'honneur la fameuse race bovine, l'apéritif à la gentiane ou le fromage du même nom. Peut-être les trois à la fois. J'ai continué à pied, jusqu'à l'Hôtel des Burons. Je m'en voulais de ne pas avoir réservé de chambre depuis Paris. Y en aurait-il une de libre ? C'était le seul hôtel d'Allanche. Avec les festivités prévues pour le week-end, je craignais fort de me casser les dents et je me voyais mal louer *Lou Cantou*, la maison où nous avions séjourné l'année dernière. Qu'aurais-je fait de ces cinq pièces qui nous avaient accueillies, avec ta sœur ? Et puis, trop de souvenirs y étaient attachés. Je revoyais parfaitement la chambre que tu avais occupée, seule, dans les combles. Les lits superposés (tu avais dormi dans celui du haut, comme une enfant, alors que celui d'en dessous aurait été plus pratique), l'échelle que tu avais dénichée dans la grange attenante et la lucarne par laquelle tu t'échappais presque tous les soirs. Le village de Feydit, au loin. La maison de Romain…

Toutes les chambres étaient libres. La fête de la salers n'attirait, semblait-il, que les habitants du coin. On m'en a attribué une dont la fenêtre donnait sur la rivière qui coulait en contrebas, rapide et froide à l'œil. Je me suis rappelé la fois où on avait acheté des cannes à pêche rudimentaires et où on s'était installés sur ses rives. On y avait passé l'après-midi et on était rentrés bredouilles (cent dix-neuvième fois). Tu avais insisté pour que nous nous baignions. Ta sœur ne s'était pas fait prier. Pour ma part, je n'avais pas voulu entrer dans l'eau que j'avais trouvée trop froide. Je ne pouvais pas savoir que ce serait la dernière fois que nous nous baignerions ensemble. J'ai senti comme une bouffée qui m'est remontée du ventre au cœur, qui m'a serré la gorge. Que n'aurais-je pas donné pour voir cette rivière se mettre à couler en sens inverse…

Je suis redescendue, me suis dirigée vers la grand-place. Jeter un coup d'œil à ces vieilles guimbardes n'était peut-être pas vain, cela pouvait me changer les idées. J'étais impatiente de reprendre ma voiture, de me lancer sur la D9, en direction de Massiac, de bifurquer sur la vicinale au deuxième panneau indiquant Feydit, le premier invitant, si mes souvenirs étaient exacts, à prendre une route mal entretenue, guère praticable, à moins de posséder un 4 × 4. Mais on était vendredi et je savais que je ne trouverais personne à cette heure-ci. C'était mieux de m'y rendre le lendemain. Le week-end, j'avais toutes les chances de tomber sur les deux personnes que je voulais voir.

Mon père avait possédé une vieille Peugeot. Un cabriolet. Jeune marié, il l'avait revendue pour une bouchée de pain, afin de s'acheter une 2 CV flambant neuve. Le pouvoir de la nouveauté.

Une 2 CV, il y en avait une, justement, devant mes yeux. Plutôt en bon état. Elle avait été bichonnée. Les pare-chocs étincelaient, le tissu des sièges avait été refait à neuf, le propriétaire avait poussé le souci du détail jusqu'à laisser traîner sur le tableau de bord un *Guide Michelin* jauni, daté de 1969. J'ai passé la tête par la fenêtre du conducteur qui avait été laissée entrouverte. Une odeur prégnante de mélange d'huile, de vieux skaï et d'essence m'a sauté dessus.

Une odeur de temps qui passait, cruellement.

Toi aussi, tu aimais les voitures. Les petites, en jouet. Lorsque tu avais huit ou neuf ans, tu voulais toujours qu'on t'en achète. Je ne comprenais pas. Je trouvais que ça n'était pas dans les goûts d'une fille. Ta sœur n'avait pas eu cette lubie. Je t'avais acheté toutes les poupées du monde, toutes les dînettes possibles, toutes sortes de paillettes pour te maquiller, mais une petite voiture, jamais ! Alors tu te débrouillais pour t'en procurer, tu faisais des échanges avec tes copains de classe. Et quand il m'arrivait de mettre la main sur l'une d'elles que tu avais laissée traîner, je te la confisquais. Pourquoi une telle intolérance de ma part ? Était-ce la peur de ne pas t'élever comme il fallait ? Mais qu'est-ce que cela veut dire élever son enfant « comme il faut » ? Peut-être tout faire pour qu'elle ne se sauve pas à la moindre occasion. C'était raté.

J'aurais pu continuer avec ma voiture jusqu'au bout. Au dernier embranchement, à main droite, la route menait jusqu'au maigre village de Feydit, et elle se terminait en cul-de-sac au bout d'une centaine de mètres, à main gauche, elle se prolongeait sur un bon kilomètre jusqu'au hameau du Béteil. J'ai hésité un moment, moteur au ralenti, sur la direction à prendre. Si je me rendais directement à Feydit, je risquais de surprendre mon monde au saut du lit – l'impatience avait fait que je m'étais levée tôt et il était à peine huit heures –, si je prolongeais jusqu'au Béteil, je n'allais certainement pas passer inaperçue en garant ma voiture devant les trois ou quatre maisons qui se tenaient chaud, serrées les unes contre les autres. On ne devait pas être habitué à voir débarquer, hors saison, un véhicule immatriculé en région parisienne. On allait se demander qui pouvait bien venir, de la sorte, enquiquiner les honnêtes gens. J'hésitais et le bruit du moteur me donnait la désagréable impression de réveiller toute la montagne alentour. Je me suis décidée pour une troisième solution qui consistait à laisser ma voiture à l'embranchement et continuer à pied sur la route du Béteil, me donnant ainsi l'allure d'une promeneuse. J'ai pris mon appareil-photo avec moi. Si jamais une paréidolie s'invitait au-dessus de Feydit, elle pourrait paraître, à mes yeux, un signe du destin.

J'ai adopté un bon rythme pour me réchauffer, m'appliquant à effectuer de grandes enjambées. Un soleil pâle émergeait à peine du dessus de la colline, comme la tête d'un dormeur derrière un édredon ventru. L'haleine humide de la nuit imprégnait encore toute la végétation. Les arbres pleuraient sur mon passage. Il faisait plus frisquet qu'à Paris. Ici, l'automne s'assumait, sans mesquineries. Ça avait quelque chose de rassurant.

Très vite, je me suis sentie essoufflée. Je n'avais plus l'habitude de marcher à une cadence aussi soutenue. D'une certaine façon, j'avais passé trop de temps, ces dernières semaines, à piétiner. J'ai croisé un escargot, énorme, qui traversait sur le goudron noir et luisant. J'en ai profité pour faire une petite pause. Je l'ai observé un moment. Il avançait avec obstination, escaladant les monstrueux gravillons du bitume. Il faisait peine à voir. J'ai décidé de lui donner un coup de main. En Dieu tout-puissant, je l'ai saisi et déposé trois mètres plus loin, de l'autre côté de la route. J'aurais apprécié qu'un Dieu quelconque, n'importe lequel m'aurait convenu, fasse de même avec moi. Abolir d'un coup les distances, modifier la course du temps, me déposer près de toi.

La route montait, qui menait en trois virages à Béteil. De là-haut, je me rappelais très bien qu'on pouvait apercevoir le village de Feydit. Ce serait pas mal de guetter, depuis ce poste d'observation, les premiers signes de vie aux abords de la maison de Romain. J'allais faire l'Apache du haut du canyon. Et puis, je ne me souvenais plus du prénom de son père. Fabrizio ? Flavio ? Ça me laisserait peut-être le temps de le retrouver. Plus d'un an s'était écoulé depuis notre venue en vacances. Je me suis demandé s'il allait me reconnaître.

Le propriétaire avait changé une partie de la toiture de *Lou Cantou* du Béteil. On distinguait nettement la démarcation entre les anciennes plaques de zinc et les neuves. Dans mon souvenir, la maison était plus imposante. En fait, seule la moitié du corps de ferme était rénovée. Les murs extérieurs avaient été recimentés, alors qu'au niveau de la grange, les espaces entre les pierres disjointes montraient, telles des rides, les ravages du temps. Les quelques maisons autour avaient les volets clos. Aucune voiture garée à proximité. Faute de locataires, on avait tout bouclé. Et on attendait, bien au chaud à Clermont ou Saint-Flour, le retour de la prochaine saison touristique. Ça m'arrangeait. Je pouvais accéder en toute quiétude à la terrasse de *Lou Cantou* d'où j'avais une vue imprenable sur le village de Feydit, blotti à mi-hauteur de la colline en face. Je me suis assise sur le banc en bois, juste à côté du barbecue en pierre.

Une vache a meuglé, au loin.

Une main est apparue devant mes yeux, une main large et rassurante. Une main de paysan, d'homme de la terre. Une main pleine de force qui sait manier les outils, mais sait aussi donner de la douceur quand il le faut. Une main juste. Elle s'est immobilisée un long moment au-dessus de Feydit puis elle a commencé à se replier, jusqu'à n'être plus qu'une boule, un poing conquérant, enfin un nuage compact qui s'est éloigné vers le sud, accompagné de ses frères cumulus. Cinq ou six clichés de plus dans la carte mémoire de mon appareil-photo.

Une heure a passé à attendre ainsi un signe de vie du côté de la maison de Romain et j'ai aperçu de la fumée s'échappant de la cheminée. Une silhouette, deux bras à peine, le haut d'un corps, rouge vêtu, a ouvert les volets. Il y avait quelqu'un. Même si c'était attendu en cette période scolaire, je m'en suis trouvée rassurée. Je n'avais pas fait tous ces kilomètres pour rien. Maintenant, il fallait réfléchir sur la manière dont j'allais me présenter. Parce que, moi, on ne m'attendait pas.

J'ai renoncé. Je ne me voyais pas toquer à cette porte, troubler une intimité que j'imaginais emplie de quiétude, la douceur d'un foyer chaleureux. Je distinguais clairement les bûches se consumant dans l'âtre de la cheminée. J'entendais le tic-tac rassurant de la comtoise, je sentais l'odeur du café fraîchement passé. Non, je ne pouvais raisonnablement pas débarquer là-dedans, brusquer les choses. Qui sait ? Passer pour une exaltée. Il me fallait trouver une autre manière de prendre contact.

Je suis retournée à ma voiture et j'ai rebroussé chemin sur la vicinale pour me garer plus loin, au niveau du terre-plein situé à l'embranchement avec la D9. J'allais guetter les voitures venant de Feydit. C'était jour de marché à Allanche, il aurait été étonnant que le père de Romain ne s'y rende pas. J'étais disposée à attendre toute la matinée s'il le fallait. Je pensais que c'était tout de même mieux de faire en sorte qu'il puisse croire à un coup du hasard. Sur le marché, ce serait facile de simuler une rencontre fortuite. J'allais le suivre au milieu des étals et, au détour d'une allée, m'arranger pour tomber nez à nez avec lui. Bien sûr, il pouvait tout à fait ne pas me reconnaître. Je parlerais la première.

L'attente a duré une bonne heure durant laquelle, seule, venant de Feydit, une camionnette blanche d'une entreprise de plomberie est passée. J'étais sur le point de m'assoupir quand une Clio rouge a débouché, elle aussi, de la vicinale puis a tourné devant ma voiture pour prendre la direction d'Allanche. Par réflexe, j'ai baissé la tête pour qu'on ne voie pas mon visage. Mais dans ce mouvement, j'ai tout de même eu le temps d'apercevoir les deux hommes dans l'habitacle. C'était Romain et son père. J'ai démarré à leur suite.

Je n'étais pas vraiment certaine que tu avais couché avec ce garçon. Je penchais plutôt pour une autre hypothèse : tu t'étais vantée afin de te donner – quoi d'ailleurs ? – de l'importance, de te créer une carapace où enfermer tes doutes intimes. Il y avait bien, sur Instagram, ce *En chair et en os, à Feydit !... Trop envie de toi !...* Est-ce qu'on pouvait écrire ça à une fille avec laquelle on n'avait pas couché ? Ou bien s'agissait-il tout simplement d'une forme de bravade ? J'aurais aimé être un de ces policiers qui avaient été chargés de l'enquête. J'aurais interrogé Romain. À moi, il m'aurait certainement tout dit. Peut-être s'était-on contenté du minimum, quelques questions de routine par téléphone. Je regrettais de ne pas avoir demandé aux enquêteurs s'ils avaient mené des investigations de ce côté-là.

J'avais eu le temps de l'observer lorsqu'il venait te chercher à *Lou Cantou.* Je me rappelais surtout ses yeux. Des yeux de loup, rapprochés, qui faisaient son charme. Un grain de beauté, manière de mouche, au-dessus de la lèvre supérieure, achevait de lui donner un petit air mutin. Ses cheveux blonds aux reflets roux s'accordaient au soleil. Tu avais eu bon goût. Je vous avais vus vous embrasser. Le soir du quinze août. Au feu d'artifice de Massiac. Encore vous étiez-vous cachés au milieu de la foule et je n'avais fait qu'apercevoir vos ombres dans la nuit. Tantôt rouges, tantôt vertes, tantôt bleues. Vous aviez disparu au moment du bouquet final.

Le souvenir que j'avais de son père était plus flou. Nous nous étions peu vus. Brun, visage anguleux. Je me souvenais qu'il portait des salopettes. Peut-être une habitude liée à son travail. L'aspect pratique avant tout. Il était professeur des écoles.

Là, au milieu des camelots, ni le père ni le fils n'avaient changé.

Ils se sont arrêtés devant un vendeur de fruits et légumes. Tandis que son père soupesait les courges, choisissait des poires, Romain gardait les yeux rivés sur son Smartphone. Il profitait du réseau, qui restait très aléatoire du côté de Feydit. Ça m'a permis de m'approcher, tout près, sans me faire remarquer. J'ai tendu ma main vers une poire, prenant de vitesse le père de Romain qui visait le même fruit. Tout en exécutant ce geste, j'ai tourné la tête vers lui. Son visage marquait la surprise, la main en suspens au-dessus du cageot. Excusez-moi, j'ai dit. Et j'ai fait comme si je ne le reconnaissais pas, replongeant mon regard vers les fruits. Quelques secondes sont passées, interminables, et j'ai entendu sa voix prononcer mon prénom. Je me suis de nouveau tournée vers lui, j'ai fait mine de ne pas le reconnaître immédiatement. Vous me remettez ? Flavio, le père de Romain. J'ai dit oui, bien sûr, sur un ton que je voulais évasif. Il avait l'air content de me voir, me souriait. Deux fossettes creusaient ses joues. De mon côté, j'étais rassurée de constater qu'il se souvenait de moi. Il s'est adressé à son fils, tu as vu, notre amie de l'année dernière. Il s'est tourné à nouveau vers moi. Vous êtes toute seule ? De toute évidence, il était resté sur l'image de cheftaine de tribu, à la tête d'un duo de filles. S'il savait à quel point sa question pouvait me faire mal. Je n'ai rien répondu. Romain, lui, avait l'air gêné. Il a regardé à droite, à gauche, il a mis les mains dans ses poches, les a ressorties aussitôt, puis m'a adressé un hochement de tête avant de se plonger dans la consultation de son portable. Flavio m'a demandé si j'étais en vacances. J'ai répondu que j'étais là pour mon travail. Il a voulu savoir où je logeais. J'ai dit que j'avais pris pension à l'Hôtel des Burons. Vous avez bien fait. C'est très correct, comme établissement. De toute façon, vous n'aviez pas trop le choix. Tout est fermé en cette saison, même *Lou Cantou* du Béteil. Nous nous sommes souri. J'ai pensé qu'il était difficile d'avoir une conversation avec quelqu'un qu'on n'avait pas vu depuis plus d'un an. Ni vraiment un inconnu, ni quelqu'un de familier.

Impossibilité d'avoir recours aux présentations d'usage et aucune discussion à reprendre là où elle aurait été interrompue. Une chose était certaine, à ce moment précis, je n'avais pas envie de parler de toi. Si ça vous dit, vous pouvez passer à la maison, un soir, pour dîner, a-t-il lancé, avec un brin de précipitation dans la voix. C'était sûrement la seule chose qui lui était venue à l'esprit pour interrompre la sensation de flottement qui commençait à s'installer. Et puis, comme pour compenser sa hardiesse, il a ajouté : À la bonne franquette et si votre travail vous en laisse le temps, bien sûr. J'ai accepté, malgré la moue que j'ai cru percevoir sur le visage de Romain. Nous sommes convenus de nous revoir le mercredi soir. J'ai payé mes poires et me suis éloignée en direction de la grand-rue. J'ai alors réalisé que je n'avais pas entendu la voix de Romain. J'étais jusque-là persuadée que, dans ma quête de renseignements sur ta disparition, il me serait d'une aide précieuse, j'ai compris que les choses ne seraient pas si évidentes. Il ne m'avait même pas demandé de tes nouvelles et s'était montré plutôt fuyant. Ça m'intriguait.

Les cinq premières mesures de la BO d'*Un homme et une femme*. Dépaysement, d'abord surprenant, là, dans cette chambre d'hôtel au décor rustique, avec vue sur la colline boisée et la rivière, puis finalement pas si incongru que cela, le temps de penser que l'action du film aurait pu tout aussi bien se dérouler à Allanche, plutôt qu'à Deauville. J'ai consulté l'écran de mon téléphone. Le numéro de Sylvain s'affichait. Il avait dû recevoir un coup de fil de Marie. J'ai appuyé sur l'icône verte. Allô ? Sa voix, étouffée, lointaine. Le réseau était mauvais. Je ne te dérange pas ? Tu n'étais pas en train d'écrire, au moins ? J'ai appris que tu seras absente pour plusieurs semaines. Marie l'avait donc effectivement prévenu de mon départ. J'ai senti comme un reproche dans sa voix. Où es-tu ? Marie n'a pas su me dire. Quand comptes-tu rentrer ? Tu gardes ton téléphone avec toi, hein ? C'était bien Sylvain, ça, enchaîner les questions sans attendre les réponses. Je suis sur un nouveau livre, tu sais. Un projet assez délicat, et en même temps que je prononçais cette phrase, je me demandais si le mot « délicat » était celui qui convenait le mieux. Un projet qui me tiendra éloignée de Paris durant un certain temps, ai-je ajouté. Je savais que cette explication ne pouvait satisfaire Sylvain. Il avait toujours été suspicieux. Il devait penser à autre chose. Peut-être avais-je rencontré un homme ? Il aurait été gonflé de sa part de me faire un reproche, lui qui m'avait quittée pour une autre ! Ou bien il se demandait peut-être si je n'avais pas obtenu d'informations que je voulais lui cacher te concernant. J'ai été prise d'un profond agacement. Cette manie qu'il avait de vouloir tout savoir sur moi. C'était déjà déplaisant lorsque nous étions ensemble. Je l'imaginais dans son séjour, se balançant nerveusement dans le rocking-chair que nous avions acheté une fortune aux Puces de Saint-Ouen, le dos tourné à la fenêtre, où s'invitaient les tours dépareillées du front de Seine. Peut-être n'était-il pas seul ? Oui, elle se tenait sûrement près de lui. Je la voyais, elle aussi, maintenant, assise face à lui, sur le canapé convertible, le couvant du regard. C'était peut-être son idée à elle, ce coup de fil. Oh, tu m'écoutes ? Je te demandais quelle suite tu comptais donner à tout ça. Je ne sais pas, j'ai dit. Que pouvait-il englober dans ce « tout ça » ? Notre histoire, mon livre, toi, moi ? J'avais obtenu la garde de mes enfants mais je n'avais pas été capable de te garder. Il voyait certainement là une nouvelle occasion de critiquer la décision du juge. C'était tellement ridicule. Le temps était passé, on ne ferait pas machine arrière. Je n'aspirais qu'à une chose, qu'il raccroche. Je sentais une immense fatigue me gagner. J'ai pensé à mon livre, aux nuages. J'ai eu envie de dire à Sylvain que les nuages n'avaient rien d'éternel, de pesant. Ils passaient. Quel que soit le temps, ils finissaient toujours par passer. Et c'était sûrement ça qui m'avait attirée en eux, cette assurance de renouveau. J'écris un livre dont les protagonistes sont des nuages. Je les prends en photo. Parfois, j'ai l'impression qu'ils veulent me dire quelque chose. Il est resté un instant sans parler. Puis il a dit que c'était une idée originale. Il n'en pensait pas un mot, ça se sentait au son de sa voix. Je me suis imaginé l'autre qui lui faisait des signes, là-bas, dans l'appartement du quinzième. Du genre index qu'on tourne sur la tempe. Je te rappellerai en fin de semaine prochaine, a-t-il fini par lâcher. Je t'embrasse. Moi aussi, j'ai répondu. Et j'ai été soulagée lorsqu'il a raccroché.

Je suis sortie juste après son coup de fil. Et, arpentant au hasard les rues d'un bourg où tout le monde se connaissait et où une étrangère aurait dû inévitablement se sentir mal à l'aise, tant sa présence pouvait susciter de méfiance de la part des habitants, j'éprouvais une douce sensation de sérénité. Je respirais. Les festivités du jour dédiées à la salers touchaient à leur fin. Des affiches jaunes annonçaient un concours de boules et une tombola pour le lendemain.

Les maisons de ville dont je longeais les façades exhalaient des odeurs rassurantes. Je respirais, oui.

Il faisait déjà sombre lorsque j'ai garé ma voiture devant la maison. Ici, la nuit tombait aux alentours de vingt heures, plus tôt qu'à Paris, me semblait-il. Feydit disposant d'un unique lampadaire, installé plus bas, près de l'église désaffectée, je ne distinguais que cinq ou six maisons sur la quinzaine qui constituaient le hameau. Parmi elles, deux seulement laissaient filtrer du jour à travers leurs volets. Pour ce qui concernait la maison devant laquelle je me trouvais, rien. Ni lumière, ni bruit. J'ai attendu quelques instants, guettant le moindre signe de présence humaine. J'ai fini par me demander si mes souvenirs ne m'avaient pas joué un tour de sorte que j'avais sonné à la mauvaise maison. Ou bien, peut-être avait-on tout simplement oublié qu'on m'avait invitée.

J'ai été rassurée lorsque le visage de loup est venu se découper dans l'encadrement.

La pièce était tout en longueur, éclairée par des lampes à pied, disposées sur les meubles. Nul plafonnier ou suspension, à la lumière trop directe, comme si on avait voulu ménager le visiteur en lui laissant des zones de repli dans l'ombre. De solides bûches gémissaient, animales, dans le foyer ouvert de la cheminée. Flavio m'avait invitée à m'asseoir sur ce qui faisait office de canapé, un coffre recouvert de coussins aux motifs orientaux. Très peu de tableaux accrochés aux murs, la pierre volcanique apparente semblant suffire. Romain s'était assis sur un fauteuil en osier, le plus éloigné possible de moi. Me tournant le dos, il regardait la télévision dont il avait coupé le son. Des personnages de mangas japonais, aux coloris criards, hurlaient en silence. Flavio s'affairait dans la cuisine, il m'a demandé ce que je voulais boire. Il avait du porto, du muscat, de l'Avèze. J'ai opté pour l'Avèze. Ça fait vraiment plaisir que vous soyez de retour dans la région, a-t-il dit avec entrain, d'autant plus qu'on voit si peu de monde. On finit par croire qu'on vit sur une île, loin de tout ! J'ai hoché la tête. Je me sentais gênée car je n'avais pas le sentiment de mériter un tel enthousiasme. Je n'étais pas l'invitée idéale pour distraire un hôte toute une soirée. Il est sorti de la cuisine avec un plateau qu'il a déposé sur la grande table du séjour. Verres, bouteille d'Avèze, fines tranches de saucisson et noix de cajou. Parfois, je me demande si je ne ferais pas mieux de déménager dans un coin plus vivant, de m'installer à Massiac. Ça me rapprocherait de mon travail. J'ai bu une gorgée d'Avèze, pris une tranche de saucisson. Vous travaillez à Massiac ? Oui, à l'école Jules- Supervielle. J'ai une classe à double niveau, des CP-CE1. Flavio devait être apprécié de ses élèves et de leurs parents, il y avait quelque chose de bienveillant dans son sourire. Et puis, cette façon qu'il avait de s'appliquer pour chacun de ses gestes – notamment celui par lequel il replaçait délicatement la mèche rebelle qui lui barrait le visage. Il était sûrement consciencieux. Il m'a demandé quelle était la nature de mon travail, en quoi cela nécessitait ma présence ici. J'écris un livre. Je me serais bien cantonnée à cette réponse mais il voulait en savoir plus. Je ne savais pas que vous étiez autrice ! Quel genre de livre ? Un livre sur les paréidolies. Les formes qu'on voit dans les nuages, j'ai précisé. Je prends des photos de nuages, un illustrateur s'en inspirera pour faire des croquis, et j'écrirai des textes en regard. Il s'est tourné vers son fils pour le prendre à témoin. Tu te rends compte, nous avons une autrice comme invitée, ce soir ! Romain a haussé les épaules. La venue de Booba ou de Nefkeu l'aurait peut-être plus impressionné. Il faudrait que vous fassiez une rencontre-dédicace à la Maison de la Presse. Ce serait chouette ! Il y a tellement peu d'événements culturels dans le coin. Ce doit être merveilleux de pouvoir écrire, inventer des histoires. Je m'y essaie de temps en temps. Des petits contes pour mes élèves. Oh trois fois rien ! Des textes d'une ou deux pages. Ce n'est pas facile mais ça les accroche bien. Surtout quand je leur dis que j'en suis l'auteur ! Il a rougi légèrement, baissé la tête, négligé quelques instants de remettre en place la fameuse mèche. Puis, il s'est levé et a grimpé l'escalier qui menait à l'étage. J'ai pensé qu'il était parti chercher des textes pour me les faire lire. Ça m'embêtait. Il allait me demander mes impressions. Je ne voulais surtout pas me retrouver dans la situation de devoir mentir. La vie nous empoisonnait suffisamment avec son lot de lâchetés. Mais non, il est redescendu avec une photo qu'il m'a tendue et a repris sa place de l'autre côté de la table. Le photographe est venu à l'école, la semaine dernière, a-t-il dit, j'avais oublié qu'il devait passer, j'étais habillé comme l'as de trèfle (l'as de pique, j'ai pensé, sans oser lui faire la remarque). J'ai regardé la photo. Ses élèves, sur trois rangs. Les plus petits, assis à même le sol. Derrière, les plus grands, droits comme un I. Au troisième rang, debout sur un banc, les tailles moyennes. Elle ressemblait à toutes les photos de classe, de toutes les écoles, depuis des générations. Mon attention s'est fixée sur la gamine à l'extrémité gauche du banc. Les cheveux blonds, le regard un peu perdu. Un sourire gêné, mal à l'aise. Peut-être le fait de dominer le maître qui se tient debout à ses côtés. J'ai trouvé qu'elle te ressemblait, au même âge.

Qu'elle me ressemblait, aussi, d'une certaine manière.

J'hésitais à parler de toi, de ta disparition. Flavio n'était peut-être pas au courant. Je préférais que ce soit lui qui me demande de tes nouvelles et, en même temps, je le redoutais. Nous avons continué à parler de choses et d'autres. De l'école, des attraits de la région, de la condition des écrivains. Il a évoqué les lectures qui l'avaient marqué. Il aimait particulièrement Rainer Maria Rilke. Il connaissait certains de ses poèmes par cœur. Pour ma part, je n'avais lu de lui que ses *Lettres à un jeune poète*. Je me suis dit que c'était peut-être ça qui nous avait manqué, dans nos rapports l'une envers l'autre. Un échange fait de confiance et de partage. De patience, aussi. J'aurais dû te protéger, t'avertir des dangers de la vie, comme Rilke l'avait fait avec le jeune poète, Franz Xaver Kappus. Je nourrissais de plus en plus le sentiment d'avoir raté beaucoup de choses avec toi.

Flavio avait préparé de la truffade qu'il a servie accompagnée de salade. C'est sans prétention, a-t-il dit en remplissant mon assiette, j'ai pensé que vous auriez envie de manger quelque chose de typique. Il m'a souri. Et dans ce sourire généreux, j'ai vu qu'il s'était appliqué pour préparer son plat. J'ai pris une première fourchetée mesurée. Je n'avais pas très faim. J'allais devoir me forcer. Mais c'était plutôt bon. J'ai regardé Romain, lui aussi semblait peu enclin à dévorer. Il jouait avec son couteau à découper les morceaux de pommes de terre en petits dés. Son mutisme me mettait mal à l'aise. Je lui ai demandé s'il avait passé les épreuves du bac de français. Tu t'en es bien sorti ? Il m'a regardée fixement, étonné d'être sollicité ainsi. Il m'a répondu qu'il avait assuré.

Il avait choisi la dissertation. Un truc sur la liberté, a-t-il précisé, sans s'étendre. Je me suis demandé si, bien que ne dépendant pas de la même académie, tu aurais pu avoir ce sujet. Tu avais disparu quelques semaines avant les épreuves. Est-ce que la quête de liberté avait été l'unique raison de ta disparition ? Auquel cas, je l'espérais de tout mon être, il ne se serait agi alors que d'une simple fugue. Hélas, cela pouvait tout aussi bien être quelque chose de plus grave. L'image du puits me revint à l'esprit. Pour chasser de ma tête ces vilaines pensées, j'ai évoqué le poème d'Éluard, la chanson de Moustaki, ces hymnes à la gloire de la liberté… Romain n'en avait pas parlé dans son devoir. Il avait tout de même réussi à accrocher la moyenne.

Et votre fille, ça s'est bien passé ?

Flavio ne devait pas imaginer le remue-ménage intime qu'il déclenchait en moi avec cette question d'apparence anodine. Ainsi, il n'avait pas eu vent de ta disparition. Il venait de m'en fournir la preuve. Je pensais jusqu'alors qu'il m'épargnait par pudeur, mais il n'était tout simplement pas au courant. Les enquêteurs ne l'avaient pas contacté. Que devais-je lui répondre ? J'ai ressenti une énorme lassitude. De son côté, Romain semblait avoir un regain d'intérêt pour notre conversation. Il s'était redressé sur sa chaise et restait suspendu à mes lèvres. J'ai répondu que tu avais flirté avec le hors-sujet et que tu avais obtenu la note de onze. Flavio a souri en disant qu'au moins Romain et toi n'aviez pas de points à rattraper. Là-dessus, il s'est levé pour aller chercher le plateau de fromages, me laissant en proie avec mes démons. Pourquoi onze ? Pourquoi t'avais-je attribué cette note plutôt qu'une autre ? Comment se faisait-il que, moi, ta mère, je ne t'avais pas gratifiée, même en imagination, d'une note plus élevée ? La réponse m'est apparue d'une terrible évidence et m'a taraudée jusqu'à la fin de la soirée. Depuis que tu étais petite et en âge d'être comparée aux autres, je n'avais pas souvent été capable de te valoriser. Inconsciemment, je t'avais toujours attribué cette note de onze.

Tout juste mieux que la moyenne.

Qu'est-ce que la vie ?
C'est l'éclat d'une luciole dans la nuit.
C'est le souffle d'un bison en hiver.
C'est la petite ombre qui court dans l'herbe
Et se perd au coucher du soleil[1].

Tandis que je regardais le bison s'éloigner, se déformer en s'étirant au-dessus du massif du Cézallier, les paroles du chef indien Crowfoot me sont venues à l'esprit, sans effort, comme une source de montagne aurait jailli spontanément d'entre deux roches. Je les avais dénichées, il y avait longtemps, dans un recueil consacré à la sagesse indienne. Elles m'avaient marquée, je les avais retenues. Elles prenaient vraiment tout leur sens

1. *Paroles indiennes (Carnets de sagesse)*, textes recueillis par Michel Piquemal, Albin Michel, 1993.

en cet instant précis et j'aurais aimé que quelqu'un se tienne près de moi pour les partager. Mais j'étais seule, au sommet de cette colline, avec mes nuages au-dessus de la tête.

Je m'étais levée de bonne heure malgré un coucher tardif et un sommeil agité, peuplé de cauchemars où tu jouais invariablement le premier rôle. Nous avions parlé longuement avec Flavio, après dîner, tandis que Romain était monté se coucher. Je l'avais aidé à débarrasser puis il m'avait servi de la liqueur à la myrtille. De son côté, il avait pris une infusion. Nous avions entretenu une conversation qui s'était distendue au fur et à mesure que nous nous étions enfoncés dans la nuit. Les mots s'étaient faits rares, presque inutiles – certains : la vie, les rêves, la solitude, me restaient précisément en tête, d'autres avaient sombré dans le noir de la nuit profonde. Au bout d'un moment, nous n'avions même plus ressenti le besoin de parler, partageant le silence qui s'offrait à nous alors que la fatigue nous gagnait et que grandissait la sensation de bien-être qui accompagnait l'abandon commun de nos préoccupations. J'avais pris congé aux alentours d'une heure du matin.

J'ai entendu sonner des cloches, au loin. Sûrement celles de l'église Saint-Jean-Baptiste d'Allanche. Il était neuf heures. J'ai pensé à Flavio. Il devait être dans sa classe, là-bas, à Massiac. Il avait fait l'appel, demandé aux enfants de sortir leurs affaires, il corrigeait les devoirs. Allaient suivre les nouvelles leçons du jour. Je voyais des élèves sages, attentifs, aux regards tournés unanimement vers leur maître. Flavio m'avait confié qu'ils n'étaient pas très vifs mais qu'ils avaient bon cœur. Ils voulaient bien faire. Je n'avais pas été étonnée. J'aurais eu du mal à imaginer une classe de petits excités. Ça n'aurait pas collé avec la personnalité de Flavio. Il dégageait une telle sérénité qu'elle ne pouvait qu'être contagieuse.

Les nuages – des cumulus ventrus –, portés par un vent d'altitude, s'éloignaient rapidement vers l'est, dans la direction de Massiac. Je me suis demandé combien de temps il leur faudrait pour passer au-dessus de la ville, de l'école. Peut-être Flavio les apercevrait-il par la fenêtre de sa classe. Y verrait-il les mêmes paréidolies que moi ? Le bison aurait-il la force de porter le message du chef Crowfoot jusque là-bas ?

Lorsque j'ai passé l'entrée, et en dépit des affichettes où une jolie blonde, au sourire commercial, lançait un *Bienvenue dans votre magasin Coop,* j'ai tout de suite senti que ma présence suscitait une bonne dose de méfiance. Le type, près de la caisse, qui s'affairait à empiler des cartons usagés – certainement le gérant vu l'énergie qu'il déployait à cette manutention ingrate – avait délaissé sa tâche pour me filer le train dans les rayons. Je ne pouvais pas le blâmer. Dans un bourg de huit cents âmes, hors saison, l'étranger, quoi qu'il puisse faire, se pare rapidement des allures les plus suspectes. De surcroît, à cette heure de l'après-midi, le magasin était désert. Je me suis efforcée de le rassurer au plus vite en saisissant la première boîte de biscuits venue, lui signifiant par là même que j'étais entrée pour faire des emplettes et non braquer la banque. Qui sait si, toi aussi, Calypso, tu n'étais pas passée dans un magasin de ce genre ? Comment t'avait-on regardée ? Non, ma fille n'est pas une voleuse ! Vous ne voyez pas qu'elle est à la dérive ? Aidez-la, ramenez-la près de sa mère au lieu de la chasser !

Je n'avais pas déjeuné et, quand la faim m'avait prise, les deux seuls restaurants d'Allanche, La Table de l'Estive et celui de mon hôtel, montraient porte close. J'aurais pu me rabattre sur un sandwich au snack-bar, près de la mairie, mais je ne me sentais pas de manger sous le regard des soiffards accoudés au zinc.

J'allais payer mes biscuits et les deux pommes Golden, bien jaunes et fermes, que j'avais mis volontairement du temps à choisir (une braqueuse ne se serait pas embarrassée de telles considérations, n'est-ce pas ?) lorsque mon attention avait été attirée par une pétarade à l'extérieur du magasin. Quatre ou cinq scooters venaient de descendre la grand-rue pour venir se garer près de la halle du marché, face à la mairie, quelques moineaux autour, garçons et filles, peu discrets avec leurs exclamations, leurs rires. Parmi eux, je l'ai reconnu avant même qu'il ne retire son casque – quelque chose dans la nonchalance, la fluidité des mouvements –, Romain. Je les ai regardés s'éloigner, tourner à l'angle de la ruelle qui mène du côté de l'église. J'ai payé et suis sortie rapidement de la Coop pour les suivre. Je ne savais pas très bien ce qui me poussait à le faire. Peut-être la sensation diffuse d'être passée à côté de quelque chose, la veille. Avec Romain, nous ne nous étions quasiment pas adressé la parole et pourtant, je restais persuadée qu'il pouvait m'en apprendre sur toi. Vous vous étiez aimés, vous aviez sûrement partagé vos secrets, vos rêves, ce qui faisait battre vos cœurs ou, au contraire, vous rendait la vie amère et difficile. La seule chose que j'avais obtenue, c'était la confirmation que tu avais vraiment bon goût. Durant la soirée, j'avais eu tout le loisir d'observer Romain. Il était de ces beautés simples et naturelles, bien bâti, fort et délicat à la fois. Un bracelet brésilien au poignet. J'avais éprouvé le poids de son regard qui offrait une profondeur absolue aux sentiments qu'il pouvait ressentir, les intensifiant à la manière d'un diamant qui magnifie la lumière. Bref, il était beau. Je ne sais pas pourquoi, j'ai repensé au type de « la photo à la jupe retroussée ». Il ne devait pas lui ressembler. J'imaginais au contraire un visage ingrat, aux traits épais, plein de boutons, avec un méchant sourire aux lèvres.

Ils s'étaient envolés au bout de la ruelle. J'ai pressé le pas. Le bruit de mes talons sur le bitume m'a paru, d'un coup, effroyable. Il devait transpercer les façades de toutes les maisons alentour, attirant les occupants aux fenêtres. Je suis passée devant l'église et j'ai tourné dans une autre ruelle qui descendait vers les remparts pour aboutir sur un chemin de terre. C'est là que je les ai retrouvés. Ils s'étaient posés sur un banc. Quand ils m'ont aperçue, ils se sont arrêtés de piailler. Je me suis sentie piégée, vaguement ridicule. J'hésitais. Devais-je faire demi-tour ou continuer à marcher, ce qui m'obligeait à passer devant eux ? Et dans ce deuxième cas, qu'allais-je pouvoir dire à Romain ? Devant ses amis, il n'apprécierait peut-être pas de devoir parler avec moi. J'ai avancé maladroitement sur le chemin, butant sur les pierres, le regard tourné vers la rivière en contrebas, évitant de m'attarder sur le petit groupe. Je ne voulais surtout pas que Romain puisse s'imaginer que je l'espionnais. Le moineau pouvait s'effrayer pour moins que ça. Un coup d'œil furtif m'a permis cependant de voir qu'il avait posé sa main sur le genou d'une des jeunes filles. Ça m'a agacée. T'avait-il remplacée ? Avait-il fait ce geste juste pour me narguer ? C'était peut-être sa manière de me signifier de prendre mes distances. Que lui et toi, c'était une histoire bien finie. Je suis passée à leur hauteur, sans m'arrêter. J'ai entendu que l'on pouffait derrière moi. Romain avait-il dit à ses amis qu'il me connaissait, qu'il avait passé la soirée, avec son père, en ma compagnie ? Pourquoi s'étaient-ils mis à rire ? Qu'avait-il pu leur raconter me concernant ? J'avais beau chercher, je ne voyais pas ce qui pouvait susciter des rires. J'ai continué sur le chemin, jusqu'à la ruelle suivante qui remontait vers le centre d'Allanche. En même temps que j'intensifiais mon effort pour gravir la petite côte qui menait vers la place du marché, je sentais monter, en ligne parallèle, un irrépressible sentiment de colère. J'avais devant les yeux le visage, à la fois mutique et moqueur, et pour tout dire exaspérant, de Romain. J'ai vu ma main partir pour une gifle bien envoyée, ma main qui s'écrasait sur sa moue boudeuse d'adolescent. Et une fraction de seconde après, ton visage qui s'y superposait. Ton regard critique et désapprobateur. Ne te manquait plus que la parole pour me traiter de pauvre conne. Ma colère est retombée aussitôt, cédant la place à une irrésistible envie de pleurer. Une gifle, j'en avais déjà donné une de trop.

Le vent s'était levé, chassant de plus en plus rapidement les cumulus vers l'est, les étirant, les déchirant. Moi aussi, j'avançais dans cette direction, sur la route qui mène à Peyrusse. Je n'avais rien à y faire, ne pensais même pas atteindre le village mais j'avais éprouvé le besoin de marcher, de sentir la fatigue prendre possession de mon corps, engourdir les muscles de mes jambes. J'avais besoin de quelque chose de tangible, du contact implacable du bitume sous mes semelles. Trop de choses avaient filé que je n'avais pu retenir. Les minutes, les heures, les jours avaient fui, comme ces nuages poussés par le vent. C'était peut-être ce qu'il y avait eu de plus difficile, ces moments d'attente où l'espoir avait été déformé, étiré, déchiré lui aussi. Ces heures qu'il avait bien fallu se résoudre à convertir en jours. Je me suis souvenue d'un passage d'un livre de Christian Bobin que j'avais lu au début de cette longue période de doutes et d'attente et que j'avais pris la peine de noter sur un carnet.

Il y a sans doute quelque part dans le ciel un cimetière des nuages. Comme ses tombes doivent être merveilleuses[1] *!*

J'ai regardé les cumulus qui passaient au-dessus de moi, à belle vitesse. L'un d'eux avait la forme d'un point d'interrogation. Les nuages me posaient des questions. Pourquoi n'avais-je pas compris Calypso ? N'avais-je pas fait preuve de trop d'autorité ? Était-ce la peur de voir ma fille se détacher de moi, la peur de vieillir en quelque sorte ? Pourquoi étaient-ils si prompts à gagner le cimetière ? Que voulaient-ils me signifier par cet empressement ? J'ai alors pensé que c'était peut-être leur façon de me dire de laisser tomber, d'arrêter mes recherches, de fossoyer mes derniers espoirs.

Ce qui s'annonçait, côté ouest, n'était pas de meilleur augure. Les boules blanches caractéristiques des cirrocumulus s'accumulaient, haut dans le ciel, très proches les unes des autres, gros yeux globuleux qui effrayaient les derniers cumulus.

Les jours suivants, il y aurait de la pluie.

---

1. *Un assassin blanc comme neige*, Christian Bobin, Gallimard, 2011.

Ça fait plus d'une semaine que tu n'as pas donné de nouvelles, m'a dit Marie. J'avais du mal à la croire. J'ai fait rapidement le décompte des jours dans ma tête et ai réalisé qu'elle avait raison. Après avoir attendu en vain, elle s'était résolue à me téléphoner. J'espère que tout va bien, que tu fais attention à toi. Je sentais dans le ton de sa voix qu'elle était inquiète. Tu m'avais dit que tu appellerais régulièrement… C'était le monde à l'envers. J'étais comme une gamine prise en faute. La fille qui surveillait la mère. J'ai essayé de la rassurer. Mon livre avance bien, j'ai déjà pris pas mal de photos. Tu as de la chance, a-t-elle dit, parce qu'ici le ciel est bien couvert, tu n'aurais que du gris à immortaliser. Où es-tu ? a-t-elle ajouté. Je n'avais pas envie de lui répondre. Qui sait s'il ne lui aurait pas pris l'envie de débarquer ? Et, s'il y avait une chose à laquelle j'aspirais, c'était la solitude. J'ai menti. Je suis sur une aire d'autoroute, entre Valence et Avignon. Je descends sur Marseille. Envie de Méditerranée. Il y a eu un blanc à l'autre bout du fil. Cela devait l'inquiéter de m'imaginer sur un parking de l'A7, près d'un restauroute, au milieu des monstres de trente-huit tonnes. Je me suis approchée de la fenêtre. Devant mes yeux coulait, paisible, la rivière Allanche. J'ai regretté de ne pas lui avoir dit que j'étais au bord de la Drôme ou de l'Ardèche. Qu'elle ait une vision apaisante de moi, au moins.

Je savais que Marie avait abandonné l'idée de toute action et avait reporté ses espoirs sur le travail de la police. La seule mission qu'elle s'était donnée, c'était de veiller sur moi, de me rassurer. Elle était animée de bonnes intentions, elle voulait me protéger. Dès les premiers temps, elle m'avait parlé comme on parle à un enfant gravement malade. Je savais qu'elle avait consulté un psy. Il lui avait sûrement dit : avec ce genre d'événement, la cellule familiale se trouve fragilisée, soyez vigilante avec votre entourage proche. Elle avait écouté le conseil et prenait sa charge à cœur. Ce serait bien que nous nous donnions rendez-vous au téléphone, une fois par semaine, tu ne crois pas ? Non, je ne croyais pas. Mais je sentais que je ne pouvais pas y couper. Nous sommes convenues de nous appeler, chaque semaine, le dimanche soir, à dix-huit heures. Aussitôt le téléphone raccroché, j'ai regretté cette promesse.

Je m'étais fait une autre promesse, intérieurement, sans vraiment la formuler. Et celle-ci, je comptais bien la tenir. C'était de revoir Flavio, de lui avouer ce qui m'avait amenée ici. Nous étions samedi, jour de marché. J'avais toutes les chances de le croiser. Sans perdre de temps, je suis descendue vers la halle et j'ai commencé à circuler au milieu des étalages. Il était onze heures, le marché battait son plein. Après avoir fait trois fois le tour, j'ai fini par m'asseoir sur un banc. J'avais la désagréable sensation que tout le monde m'observait. C'était de moi sûrement qu'on parlait, à voix basse. Ces trois vieilles, là-bas, devant le volailler, ces paysans près de la fontaine, avec leur Gitane maïs au bec, ou encore ces deux adolescents adossés à une antique Renault Gordini. On se demandait peut-être ce que faisait à Allanche cette femme qu'on ne connaissait pas. Et je devais bien avouer que je me posais la même question. Qu'est-ce que j'étais venue faire ici ? Qu'espérais-je réellement ? Je n'avais aucune réponse valable à fournir, aucune certitude pour me conforter. J'ai pensé à mon bureau, au fond de l'appartement, à Paris. Et ça m'a rassérénée. Je n'aurais pas été davantage à ma place là-bas. Tu t'étais envolée. Pour te suivre, il me fallait quitter la cage moi aussi.

Je suis restée une demi-heure, assise sur ce banc puis, comme je l'avais espéré, j'ai aperçu Flavio qui, déboulant de la grand-rue, se dirigeait vers la halle. Il portait un jean et une chemise aux couleurs vives, un panier en osier sous le bras, marchait d'un pas alerte. Par un coup de baguette magique, le soleil s'est mis à briller à la faveur d'une trouée dans la chape grise des altostratus. Un sentiment d'allégresse s'est répandu tout autour de la halle. Ici, quelques exclamations, plus loin, une plaisanterie lancée à la cantonade par un commerçant, des rires. Le réalisateur, là-haut, avait peaufiné sa mise en scène. Éclairage soigné, figuration positionnée au millimètre, les rôles distribués à chacun. Celui de Flavio était peut-être de donner de la joie, de l'élan autour de lui. J'ai pensé à Romain, l'insaisissable, à Marie, la figure de la raison. Quel pouvait-être mon rôle, à moi ? J'avais l'impression d'être plutôt dans l'improvisation. Dès qu'il m'a vue, Flavio m'a souri et s'est dirigé vers moi. Son visage rayonnait. Les fossettes sur ses joues semblaient en mesure d'engloutir le monde autour. J'ai ressenti instantanément un élan d'enthousiasme mais aussi une certaine appréhension. Deux jours seulement s'étaient écoulés depuis l'invitation à dîner où nous avions échangé jusque tard dans la nuit. Qu'allions-nous pouvoir nous dire encore ? Comment mener la conversation pour en arriver à parler de toi ? Il s'est approché, radieux, en tendant son visage pour me faire la bise. J'ai trouvé ses joues particulièrement douces. Comment allez-vous ? m'a-t-il demandé, tout guilleret. Puis il a regardé le ciel. Pas terrible, hein ? Je n'ai pas compris tout de suite qu'il parlait des nuages. Vous n'allez pas voir grand-chose dans cette purée. Ils ont même annoncé de la pluie pour cet après-midi. Au ton de sa voix, j'ai senti que ça le chagrinait. J'ai haussé les épaules, manière de lui signifier que ce n'était pas si important que ça. J'aime bien aussi les jours de pluie, j'ai dit. Vous pouvez toujours aller au parc Vulcania, m'a-t-il conseillé. C'était la deuxième fois de la journée qu'on me suggérait cette visite. Ce matin déjà, au petit déjeuner, la patronne de l'hôtel.

Les Auvergnats avaient trouvé là une bonne ruse pour que les touristes endurent les caprices du temps sans trop se plaindre. Mais je n'avais aucunement l'envie de me retrouver dans des files d'attente au milieu de familles composées d'enfants geignards et de parents débordés. Vous m'accompagnez ? a dit Flavio, en reprenant un ton plus enjoué, puis, il a ajouté, j'ai une surprise pour vous. Je vous la dévoile autour d'un verre ? J'achète de la viande, des fruits et légumes, après, je vous emmène chez mon boulanger. Il fait des tartelettes aux myrtilles à se damner ! On les mangera au café-tabac, chez Pierrot.

Mon cœur s'est serré au mot « surprise ». Pendant quelques secondes, j'ai imaginé qu'il avait eu des nouvelles de toi, avant de me raisonner. Si cela avait été le cas, il me l'aurait dit tout de suite. Cet éclair d'espoir m'avait secouée. Un verre me ferait du bien.

Nous nous sommes installés en terrasse. Le garçon est venu prendre notre commande, Flavio a choisi un thé-citron, j'ai opté pour une menthe à l'eau. J'avais des envies de propreté, de clarté. Flavio a ouvert le paquet que la boulangère s'était appliquée à ficeler et nous avons commencé à grignoter nos tartelettes.

D'abord du bout des doigts, à petits coups, sans même les sortir du paquet, comme deux gamins redoutant d'être pris en faute, puis carrément à pleines bouchées, nous délectant de cet abandon commun au péché de gourmandise, plaisir doublé du fait que c'était plutôt l'heure de l'apéritif et des cacahuètes idoines. Nous étions deux complices observés par les habitués du comptoir. Elles sont excellentes. Oui, vraiment délicieuses. Et avec des myrtilles du coin ! Quand les tartelettes ont fini de nous occuper, nous sommes restés silencieux. Tu en as profité pour venir t'asseoir à notre table. Tu semblais faire peu de cas de notre présence. Ton regard se perdait au bout de la grand rue, vers le sud, loin de nous. J'ai eu envie de prononcer ton prénom. Calypso, Calypso ! Dans le même temps, je ne voulais pas t'effrayer. Surtout pas que tu te braques, que tu t'enfuies à nouveau. Le moment était peut-être venu de parler de toi à Flavio. Mon regard s'est tourné vers lui. Il soufflait délicatement sur son thé. Je n'ai rien dit. Lorsque je suis revenue à toi, tu n'étais plus là. Son souffle t'avait emportée.

Alors, cette surprise ? ai-je finalement demandé. Flavio m'a gratifiée d'un large sourire. Eh bien, j'ai proposé à Viviane, qui tient la Maison de la Presse, de faire une soirée autour de votre dernier livre. Elle est partante. Dans une semaine. Vous êtes d'accord ? J'ai marqué un temps d'hésitation. Je n'avais guère envie de participer à ce genre d'événement dans l'état d'épuisement mental où je me trouvais. En aurais-je seulement la force ? Ses yeux, fixés sur moi, pétillaient d'enthousiasme. Je me suis entendue répondre, presque malgré moi, c'est d'accord. J'ai du temps devant moi et le coin est plutôt pas mal pour les paréidolies. Je peux rester au moins une semaine. Super ! s'est exclamé Flavio. Qu'est-ce que vous diriez d'un pique-nique pour fêter ça ? Demain, le temps sera plus clément, vous pourrez surveiller les nuages, s'est-il senti obligé d'ajouter pour me convaincre. J'ai répondu que c'était une bonne idée, une excellente idée, oui. Mais où pouvait-on aller ? Il m'a demandé si je connaissais la chapelle de Chastres. Je me souvenais qu'on m'en avait parlé, lors de notre séjour, l'année précédente. Nous n'y étions pas allées. C'est un endroit qui vaut le coup, a dit Flavio. Il y a quelques années, certaines scènes d'un film y ont été tournées. Une histoire qui se passait à l'époque de la Renaissance. Il ne se rappelait pas le titre du film. Nous nous sommes donné rendez-vous le lendemain, à dix heures, devant chez lui. Ne vous souciez de rien, je préparerai tout le nécessaire, m'a-t-il assuré en se levant. Je n'ai pas eu le temps de lui dire que je pouvais me charger de quelque chose, il me faisait déjà la bise et s'éloignait sur le trottoir. Je l'ai regardé jusqu'à ce qu'il disparaisse au coin de la première rue. Puis, j'ai terminé ma menthe à l'eau. Ton visage est à nouveau apparu. Cette fois-ci, au fond de mon verre. Il faisait la moue. Je n'avais pas réussi à parler de toi à Flavio.

La pluie a commencé de tomber en milieu d'après-midi. L'amoncellement des nimbostratus, à l'ouest, bien avant la première goutte, n'avait laissé planer aucun doute sur la tournure des événements. J'avais donc regagné suffisamment tôt ma chambre à l'Hôtel des Burons et je m'étais mise à lire, allongée sur le lit, me levant de temps à autre pour jeter un œil à la fenêtre et constater que rien n'avait changé depuis mon observation précédente. La ruelle en contrebas restait obstinément déserte, l'eau de la rivière ne se départait pas de sa couleur verte et froide, la même que celle de la Seine en hiver. Je retournais m'affaler sur le lit, déçue, à chaque fois, que rien ne se soit passé. Puis, comme une personne timide essaierait d'attirer l'attention, la pluie est venue tapoter sur les carreaux de la fenêtre, me tirant définitivement de ma lecture.

Je me suis mise à faire attention à des petits détails insignifiants, au parcours imprévisible des gouttes d'eau sur la vitre, aux variétés des fleurs décorant la frise du papier peint (des roses et des bleuets), à la forme des marques d'usure du couvre-lit, minuscules continents à la dérive, ou encore aux motifs géométriques du linoléum dispersés de façon aléatoire, *a priori*, mais dont l'observation minutieuse m'a permis de constater qu'ils étaient en réalité placés selon un algorithme rigoureux, enchaînements de séries de trois triangles et de deux losanges. Toi aussi, tu avais du linoléum dans ta chambre. Uni. Gris. Une sorte d'imitation de revêtement en béton. Tu avais voulu une chambre exclusivement inspirée de New York. Tu l'avais même exigée et ça avait été la source d'une belle empoignade. J'avais été agacée. Tu demandais sans rien donner, du moins, était-ce la perception que j'avais à l'époque. La célébration de la grosse pomme passait par un poster géant des tours de Manhattan qui couvrait la totalité d'un mur, un drap aux couleurs de Coca-Cola, une chaîne hi-fi maquillée en juke-box des années cinquante, des photos d'acteurs et d'actrices de films américains récents sur lesquels Marylin Monroe, en grand poster, assise sur sa valise *Bus Stop*, semblait veiller. Les premiers temps, j'en avais passé, des heures, désœuvrée, à traîner dans cette chambre. C'était l'odeur qui, chaque fois, me poussait à y revenir. Ton odeur. Je respirais ton oreiller à pleins poumons. Je pleurais.

Tu n'avais jamais mis les pieds à New York. Nous avions envisagé, un temps, un voyage toutes les deux là-bas. Parcourir la route 66, faire un détour par ta ville préférée. Ça ne s'était pas concrétisé. Il m'a semblé que ça remontait à une éternité, ce vague projet. Tu devais avoir quatorze ou quinze ans. Il s'agissait d'une autre Calypso. Disparue, envolée, comme les tours de New York. Peut-être t'y trouvais-tu à ce moment précis. Tu avais réussi, malgré ton jeune âge, à atteindre ton rêve. Les volcans d'Auvergne m'ont paru d'un coup si petits. Que n'aurais-je pas donné pour m'incarner en nuage, traverser l'Atlantique et voir si je pouvais t'y rejoindre.

La pluie a cessé en début de soirée.

Vous n'êtes pas vraiment équipée pour la marche, m'a dit Flavio. J'ai regardé mes chaussures. Il avait raison. Je me sentais ridicule avec mes bottes à talon. On va remédier à ça, vous chaussez du combien ? Je dois avoir ce qu'il vous faut. J'ai attendu devant la porte de la maison. Le soleil était vigoureux et me réchauffait les reins. Flavio est revenu avec une paire de chaussures de marche, à ma pointure, encore emballées dans leur carton. De légères traces sur les semelles indiquaient qu'elles avaient pourtant servi. Elles m'allaient parfaitement, étaient plutôt confortables. J'étais étonnée que Flavio puisse garder chez lui des chaussures de femme. Je n'osais pas lui en faire la remarque. C'est lui qui a pris les devants. Elles appartenaient à mon épouse. On les lui avait achetées quelques semaines avant son accident.

C'était il y a huit ans. Ça ne vous embête pas, au moins ? N'hésitez pas à me dire si ça vous gêne. J'ai esquissé une sorte de moue qui ne devait pas signifier grand-chose. J'étais perplexe. Nous n'avions pas parlé de sa femme, l'autre soir, et les indices que j'avais pu capter au sujet de la mère de Romain m'avaient plutôt fait croire à un divorce. La mort, ça impressionne toujours certaines personnes, a dit Flavio, sur un ton qu'il s'efforçait de rendre léger malgré la gravité du propos. Je n'ai pas su quoi dire. Je m'en suis sortie avec un truisme. La mort est de toute façon inéluctable. Et en parlant, Flavio s'était préparé pour partir. Il avait mis ses chaussures, le même modèle que les miennes mais en version homme, deux liserés bleus au lieu du rose, enfilé une parka beige en toile légère, vérifié le contenu de son sac à dos. Au moment où il s'apprêtait à fermer la porte, alors qu'il me tournait le dos, j'ai surpris son regard qui se reflétait dans le miroir de l'entrée. J'y ai lu une profonde tristesse.

Nous nous sommes mis en marche, d'un bon pas, sur la route. J'ai proposé de l'aider à porter le sac. Il a décliné mon offre. Il avait retrouvé son enthousiasme. Il me désignait certains sommets de montagnes au loin, quelques fermes, me les nommait. J'aurais aimé l'entendre parler davantage de son épouse. J'ai pensé qu'il ne m'appartenait pas de relancer le sujet. Nous sommes passés devant le hameau du Béteil. Les volets de la maison que nous avions occupée l'année précédente étaient toujours fermés. Vous étiez bien installés, a dit Flavio. À son intonation, je n'ai pas su si c'était une question ou une affirmation. J'ai dit oui. C'est marrant, il a ajouté, je n'ai jamais eu l'occasion de voir comment ça a été retapé. Finalement, Romain la connaît mieux que moi. Il a eu un petit sourire.

La route s'est maintenue en montée sur une bonne distance, je commençais à avoir du mal à suivre Flavio lorsque nous sommes parvenus au sommet. Là, il m'a désigné un bâtiment en pierre, niché dans le creux formé par deux collines. La chapelle de Chastres, a-t-il lancé, avec emphase. J'ai senti que ce modeste édifice devait compter davantage, à ses yeux, que n'importe quelle cathédrale. On voyait la route qui continuait devant nous, en contrebas, et qui plongeait sur la droite, sous la forme d'un chemin de terre, jusqu'à la chapelle. Les nuages, de gros cumulus, poussés par le vent, s'amusaient à tamiser le paysage de leur ombre.

Le bâtiment était à l'abandon. La porte ne fermait pas à clef, ce qui en autorisait l'accès à tout moment. On ne craignait pas les cambrioleurs car il n'y avait rien à voler. Seule subsistait une statue en plâtre de la Vierge, sans grande valeur marchande. Nous avons déambulé longtemps dans la pénombre. Des gravats croustillaient sous nos pieds. Les ouvertures étaient réduites et peu nombreuses mais la vue qu'elles offraient s'avérait, pour toutes, splendide. Nous ne parlions pas. J'avais l'impression que nous étions, chacun de notre côté, en recueillement. Flavio pensait peut-être à sa femme, j'étais près de toi. Est-ce que tu étais venue ici avec Romain ? Certains jours, vous étiez partis tout l'après-midi en balade, vous aviez sûrement poussé jusqu'à la chapelle. En tout cas, ça me faisait du bien de me dire que toi aussi tu avais foulé ce sol. Et puis, j'ai pensé à Einstein, sa théorie de la relativité. L'espace, le temps, tous ces fichus concepts… c'était saugrenu, si ce genre de théorie devait trouver une confirmation indiscutable aux yeux du monde, ça aurait été merveilleux que cela se concrétise à cet instant, en ce lieu. Voir le temps s'effacer et que tu apparaisses devant moi.

Nous nous sommes installés sur le banc en pierre adossé à la chapelle. Flavio a sorti les victuailles de son sac, une nappe en tissu fleuri qu'il a disposée entre nous. Il avait prévu des œufs durs – vous aimez les œufs durs ? –, du jambon de pays – vous allez voir, il est sec à point ! –, des carottes râpées, des poires – je les ai achetées sur le marché, hier. Nous avons commencé à manger dans un silence religieux, le lieu s'y prêtait, seulement troublé par nos soupirs d'aise, un peu forcés de mon côté. J'avais l'intention de tout dire à Flavio, te concernant. Ça tournait dans ma tête. Nous n'avions bu que de l'eau mais je me sentais chancelante. Quelque chose me retenait. Peut-être la peur de corrompre la douce quiétude qui entourait l'existence de Flavio, de mettre à mal la complicité que je sentais naître entre nous. Dès le premier jour, lors de notre rencontre sur le marché, il aurait fallu ne rien omettre, donner les véritables raisons de ma venue. J'ai regardé en l'air. Un avion silencieux traçait sa route, très haut dans le ciel, laissant derrière lui un sillage blanc parfaitement rectiligne. J'ai voulu y voir un signe, je me suis lancée. J'ai dit, ma fille Calypso a disparu.

Pas de réaction. Flavio continuait de mâcher, en regardant droit devant lui. J'ai insisté. Calypso a disparu. Je suis sans nouvelles d'elle depuis plus de trois mois. Flavio a alors tourné son visage vers moi et il a dit, en détachant bien les syllabes, je sais, je suis au courant. Il avait les yeux embués.

Un enquêteur chargé de l'affaire l'avait appelé au téléphone, un mois après la disparition. Le service avait repéré sur Instagram les échanges entre Romain et Calypso. Le policier avait voulu savoir s'il y avait eu d'autres contacts depuis le dernier post datant de mai. Il lui avait posé quelques questions, avait demandé à parler à Romain. Celui-ci avait répondu de façon assez évasive, se limitant à des phrases monosyllabiques, oui, non, il n'avait plus de nouvelles. L'enquêteur avait dit qu'ils seraient peut-être appelés à se rendre tous les deux à la gendarmerie. Ils avaient attendu la convocation. Durant plusieurs semaines, tous les matins, Flavio avait guetté le courrier. Rien n'était venu. Ils avaient fini par en prendre leur parti. Au début, Flavio avait interrogé Romain pour savoir s'il avait eu des nouvelles via Instagram. Puis, devant l'agacement de son fils, il n'avait plus osé lui en parler. Alors, tout avait fini par s'estomper. Et puis, il y avait eu notre rencontre sur le marché. Il n'avait pas voulu être le premier à aborder le sujet, il avait éprouvé comme une réticence au fond de lui. Il s'était dit que je souffrais et que cela me donnait la priorité, c'était à moi de prendre l'initiative. Avait-il bien fait ? Il se le demandait encore.

J'ai senti Flavio soulagé d'avoir pu se confier. Je l'ai regardé, qui s'était levé et me tournait le dos. J'ai pensé à la soirée que nous avions passée ensemble, quelques jours plus tôt. J'ai essayé de me remémorer notre conversation, de revivre certaines scènes maintenant que je savais qu'il était au courant. Qu'avait-il pu penser de moi les rares fois où j'avais ri, plaisanté ? Il s'était peut-être dit que je n'avais pas de cœur. Ou alors, s'était-il douté que je donnais le change et, dans ce cas, il avait pu juger de mes capacités à jouer la comédie. Je regrettais de ne pas pouvoir revenir en arrière. Maladroite et honteuse. Comme l'albatros. Et Baudelaire n'y pouvait rien.

Il s'est mis à ranger les restes de notre pique-nique dans son sac. Je l'ai aidé. Nous n'avions pas beaucoup mangé. J'ai dit que j'avais envie de me poser, de ne plus bouger, de regarder les cumulus. Ils étaient nombreux, bien charnus, laiteux et brillants, filaient à bonne vitesse. Je me suis allongée sur le carré d'herbe, légèrement en pente, devant la chapelle. J'avais fait de mon pull un oreiller. Au ras du sol, comme ça, on ne sentait plus le vent. Flavio est venu s'étendre à mes côtés. Nous sommes restés un moment sans parler. Puis, sa voix, douce et rêveuse : là, le corps avec les deux creux de chaque côté et, au bout, le manche qui s'étire, c'est un violon. Il n'a pas tendu la main pour me le désigner, il m'a laissée chercher. Il avait raison. C'était un violon, sur notre droite, dans le ciel. Un splendide Stradivarius qui jouait sa partition. Et avec un surcroît d'imagination, les petits bouts filandreux qui s'en détachaient figuraient parfaitement les notes de la mélodie jouée. Je lui ai désigné, à mon tour, le profil d'une tête. Une caricature, avec un nez pointu, un menton en galoche et un gros œil tout bleu. Une sorte de Karaghiozis, le célèbre personnage du théâtre d'ombres grec.

Nous avons passé une bonne partie de l'après-midi, allongés, côte à côte, les yeux dans les nuages. Nous avons croisé une multitude de personnages grimaçants et déformés, dompté les animaux d'une ménagerie, aperçu les contours de la Crète et aussi, en toute fin de journée, un superbe cœur qui est resté un long moment isolé au milieu de l'immensité bleue.

J'étais soulagée d'avoir pu parler à Flavio, de lui avoir dit ce qui me vrillait les pensées depuis des semaines. Et j'avais aimé la délicatesse qui l'avait conduit à me ménager, à ne pas évoquer ta disparition tant que je n'abordais pas le sujet. Maintenant, les choses étaient claires entre nous. Elles l'étaient moins avec Romain. Mais je voulais en savoir plus de son côté aussi. Je guettais donc depuis une bonne heure, à l'embranchement de la route qui menait à Feydit. J'avais garé ma voiture sur le bas-côté, légèrement en retrait, à l'abri d'un bosquet d'arbres, de sorte que, de loin, on ne pouvait me voir. J'étais bien décidée à ne pas bouger de là, tant que je n'aurais pas eu une petite explication avec Romain. Je m'étais assurée, en poussant jusqu'à la maison, que son scooter n'y était pas. Romain était sorti et il allait forcément passer à cet endroit à un moment ou un autre pour rentrer chez lui. J'ai regardé en direction du ciel. Un avion de ligne avait laissé derrière lui une longue trace, un cirrus filandreux, qui s'éclaircissait petit à petit et ne tarderait pas à disparaître. J'ai pensé à Ariane, dans le dédale. Le fil qui me reliait à toi était si fin, si fragile. J'espérais qu'il n'allait pas se rompre. Et ce fil, c'était Romain qui l'avait peut-être dissimulé.

J'ai tout de suite reconnu sa silhouette sur le scooter, qui grossissait dans le rétroviseur. J'ai bondi comme une folle hors de la voiture pour me retrouver au milieu de la route, les bras écartés. Romain a freiné en catastrophe, manquant de peu se casser la figure. Il a retiré son casque, l'air furibard. Ça va pas la tête ? J'ai failli me planter ! Il a poussé son scooter jusqu'au bas-côté, s'est accroupi pour vérifier quelque chose au niveau de la roue arrière. Je me suis approchée, doucement, pour contrebalancer mon apparition brutale. Romain, il faut que je te parle. Ton père m'a mise au courant. Il m'a raconté le coup de fil des enquêteurs, leurs questions. Un silence. Son regard de loup planté dans mes yeux. Animal traqué. Je comprends que tu n'aies rien dévoilé. Mais à moi, tu ne peux pas mentir, je suis sa mère. Si tu sais quelque chose, il faut me le dire. Il a remué la tête en signe de dénégation. Je sais rien du tout. De toute façon, Calypso, c'est une histoire ancienne, je suis passé à autre chose. Il a amorcé le geste de remettre son casque, je lui ai agrippé le bras. Romain, si tu l'aimes encore un… parle-moi… Il s'est reculé brutalement pour se dégager. Foutez-moi la paix ! Vous êtes tous pareils les parents ! Toujours à nous dire ce qu'on doit faire ! Mais vous savez rien, jamais rien ! Il est remonté sur son scooter, a démarré en trombe. Je n'ai pu que le regarder s'éloigner sur la route de Feydit et se volatiliser au premier virage.

Là-haut, la trace de l'avion avait, elle aussi, totalement disparu.

Ma nuit avait été plutôt agitée. À croire que la marche de la journée ne m'avait pas assez fatiguée. Et puis, le comportement de Romain m'avait tellement exaspérée. Je m'étais revue sur cette route, démunie, presque misérable, à supplier ce gamin. J'avais eu du mal à m'apaiser. Au petit matin, j'avais rêvé de toi, enfin, de nous deux. Nous nous trouvions dans une sorte de monastère – quatre bâtiments massifs, aux larges murs de pierres apparentes, disposés en carrés – au sommet d'une colline parsemée d'oliviers. Le soleil, dans un ciel sans nuages, semblait s'être rapproché de la terre tant ses rayons écrasaient implacablement les pentes alentour. À l'intérieur, les ombres projetées par les hauts murs n'en étaient que plus insondables. Nous cheminions, l'une derrière l'autre, dans de longs couloirs flanqués d'une théorie de portes identiques bien qu'il m'ait semblé plus normal, marchant ensemble, de nous tenir côte à côte. Nous avions revêtu de longues robes de bure. J'étais chaussée de sandales, tu avais gardé tes Nike. Ta robe laissait apparaître tes mollets et je m'étonnais de constater qu'ils étaient plus gros que les miens. Malgré mes efforts répétés, je n'arrivais pas à me porter à ta hauteur. Tu semblais prendre un malin plaisir à augmenter ton allure à mesure que j'accélérais. Mes tentatives pour te parler se soldaient, elles aussi, par des échecs. Tu donnais l'impression de ne pas m'entendre. À chaque fois que nous parvenions à l'extrémité d'un couloir, je nourrissais l'espoir d'arriver enfin à te rejoindre. Mais non, nous pénétrions dans une nouvelle galerie, toujours plus longue. Ça n'en finissait pas. Nous croisions régulièrement des hommes et des femmes, portant la même robe que nous et progressant, eux aussi, les uns derrière les autres. Ils avaient tous le crâne tondu comme des moines bouddhistes. Ils passaient devant toi, te souriaient, affectaient de m'ignorer. Je ne pouvais visiblement rien attendre d'eux. Au détour d'une galerie, j'avais perdu ta trace. Tu avais tourné avant moi et t'étais volatilisée. Je m'étais mise à courir, tentant d'ouvrir toutes les portes qui se succédaient sur le mur à main droite. Aucune ne s'était ouverte jusqu'à la dernière qui avait fini par céder.

Une pièce ronde, éclairée par des candélabres. Toi, assise sur une chaise au milieu. Autour, alignées sur des gradins, les mêmes personnes que dans les couloirs. Visages impassibles. Tu avais esquissé un pauvre sourire à mon attention. À tes pieds, de nombreuses mèches de cheveux. Ton crâne rasé, la peau à vif, des traces de sang sur tes tempes. Je m'étais mise à crier, un cri continu et déchirant qui s'était élevé très haut dans le ciel, bien au-delà des nuages, qui avait fait vibrer les murs pourtant terriblement épais du monastère et m'avait ramenée dans la modeste chambre d'un hôtel endormi de province.

Lorsque je suis passée devant le comptoir de la réception, plongé dans une pénombre de jour sans soleil, il m'a semblé que la patronne me saluait avec un petit sourire entendu. Se pouvait-il qu'elle m'ait entendue crier dans la nuit ? Avais-je prononcé ton prénom ? Que pensait-elle de cette drôle de femme qui traînait, seule, dans ce trou perdu du Cantal depuis plus d'une semaine ? Je me suis demandé comment elle se comporterait dans ma situation. Aurait-elle encore la force de sourire ? Non, merci, pas de petit déjeuner. Bonne journée. J'ai plongé sans plus m'attarder dans le rectangle de clarté diaphane donnant sur la rue.

Je suis montée dans ma voiture et j'ai pris la direction de Massiac. J'ai roulé une demi-heure sur une départementale étroite, au tracé rectiligne sur le plateau d'Allanche puis de plus en plus sinueux à mesure que je me suis approchée de Massiac – traversant alors des forêts de sapins et de chênes mêlés. Sur les doigts de la main pouvaient se compter les rares voitures que j'avais croisées. Un chapelet de nuages, tout petits et ronds, du côté sud, m'avaient accompagnée. Des nuages semés par le Petit Poucet.

Le soleil commençait à chauffer lorsque j'ai passé le panneau d'entrée de la ville. J'ai tout de suite été surprise par le nombre de voitures qui se succédaient sur les ronds-points. Après ces jours passés, là-haut, à Allanche, j'avais perdu l'habitude de pareille animation. Néanmoins, pour ceux qui empruntaient la sortie de l'autoroute, venant de Paris, Massiac devait sembler bien calme et endormie. Je me suis fait klaxonner à plusieurs reprises. Des conducteurs impatients s'agaçaient alors que je ralentissais pour lire, à chaque carrefour, l'empilement des minuscules panneaux sur lesquels étaient indiqués les noms des commerces et des bâtiments administratifs. Flavio m'avait dit que Romain profitait de ne pas avoir cours le lundi pour donner un coup de main dans un café-restaurant de la ville. Je cherchais le Cézallier. J'ai garé ma voiture sur la place de la Poste, j'ai continué à pied avant de le dénicher, au débouché d'une rue qui s'enfonçait parallèlement à la nationale. L'établissement possédait une devanture démodée, à la banne défraîchie dont la couleur orange criard virait par endroits au jaunâtre le plus pisseux. Un chef cuisinier à toque, grossièrement peint, jovial, rondouillard et moustachu, était chargé de nous présenter la carte des menus. Quatre punaises rouillées, les vestiges déchirés d'une feuille, attestaient qu'il y avait eu, effectivement, la possibilité de se sustenter mais de toute évidence, l'activité restaurant avait cédé le pas à celle de débit de boissons. J'ai pris place en terrasse, délaissant la salle dont je n'apercevais qu'une partie du comptoir de formica contre lequel étaient venus buter de vieux habitués, tels des wagons remisés sur une voie désaffectée. Je réalisais seulement qu'il était tout à fait possible que Romain soit cantonné à la plonge, bien caché dans l'arrière-salle, auquel cas, je n'avais guère de chance de le voir. Jusque-là, je me l'étais imaginé servant les consommations, circulant entre les tables, manquant de peu, parfois, de renverser son plateau.

Un Massey Ferguson s'est engagé dans la ruelle, sa remorque de foin au ras de la terrasse. Les deux verres vides de la table voisine l'ont salué, vibrant à l'unisson du moteur. Encore vous ! Ne me dites pas que c'est une coïncidence ! C'était lâché dans mon dos. Je me suis retournée. Romain se tenait bien campé sur ses jambes, mains sur les hanches, dans l'attitude d'un maître d'école grondant un mauvais élève. Avec le bruit du tracteur, je ne l'avais pas entendu approcher. Ce n'est pas une coïncidence, j'ai dit, sans rien ajouter de plus. Il me semblait qu'il m'appartenait de mener la danse. Romain est resté silencieux plusieurs secondes puis il a soupiré et m'a demandé ce que je voulais boire. Une Avèze. Il a fait demi-tour illico, est revenu quelques instants plus tard avec ma commande à laquelle s'était ajoutée une coupelle remplie de cacahuètes. J'ai pris l'initiative. Assieds-toi. J'ai dû mettre suffisamment d'autorité dans ma voix pour qu'il s'exécute sans rechigner. Je lui ai demandé où il allait au lycée. À Saint-Flour, il n'y a rien plus près, m'a-t-il répondu avec un soupçon de réticence. Mon père me dépose à Massiac avant d'aller au travail et je prends le car. C'est chiant. Mais c'était ça ou l'internat… Visiblement, l'idée de passer ses nuits dans un dortoir ou, au mieux, dans une cellule monacale, ne lui avait pas plu. J'ai pensé à ces oiseaux épris de liberté qui dépérissent en cage. Un genre de quetzal. Vous savez, pour Calypso, je n'ai absolument rien de plus à vous dire que ce que j'ai déjà dit à la police. Maintenant, si ma vie vous passionne… Il reprenait la main. Son petit air m'agaçait. J'avais la désagréable sensation qu'il se foutait de moi. Je ne pouvais tout de même pas l'agripper par le col et le secouer ! Il me fallait trouver les mots justes, ceux qui pouvaient mener droit à son cœur. Je me suis lancée. Romain, c'est ma fille. Si tu savais comme je souffre… Si tu savais comme elle me manque… Comme j'ai peur pour elle… S'il te plaît, Romain, j'ai besoin de savoir. Je l'ai fixé pour guetter sa réaction. Il paraissait déstabilisé, son beau regard de loup ne sachant où se poser. Il a légèrement baissé la tête. Puis il a dit qu'il n'en savait pas plus que son père. Les flics les avaient contactés, leur avaient posé quelques questions, rien de plus. Flavio lui avait fait promettre de ne pas évoquer le sujet tant que je n'en parlerais pas moi-même. Voilà, c'était tout. Il a pris mon verre, a bu une gorgée. Tu es le dernier petit copain que je lui ai connu, ai-je insisté. Romain a relevé la tête. Calypso s'est toujours montrée plutôt solitaire, ai-je ajouté. Il a planté son regard dans le mien pour sonder la véracité de mes propos. J'ai pris un ton aussi doux que possible. Je sais qu'elle correspondait avec toi. J'ai vu certains de vos échanges sur sa messagerie. Elle semblait vraiment t'apprécier. Romain m'a souri à son tour. Oui, nous avons continué à nous parler sur Instagram, on s'aimait bien. Sur ces mots, il s'est levé. J'ai cru, une seconde, qu'il jugeait en avoir trop dit, avant de réaliser que deux ouvriers en bleu de travail venaient de s'engouffrer dans la salle du bar. Il était parti les servir.

Quand il est revenu, il ne s'est pas assis. Il est resté debout à côté de moi, son plateau calé sous le coude. J'ai maudit dans ma tête les deux types qui avaient interrompu notre conversation. Je ne savais pas trop comment relancer. Les cloches de l'église se sont mises à sonner. J'ai compté onze coups. Sur le trottoir d'en face, deux vieilles femmes s'en revenaient de la boulangerie ; elles discutaient, accent chantant, leurs couronnes de pain glissées sur l'avant-bras. Est-ce que Calypso t'a dit quelque chose qui pourrait me mettre sur une piste ? J'ai aussitôt regretté d'avoir utilisé le mot « piste », et les vagues relents de traque qu'il entraînait dans son sillage. Romain a fait la moue. Il m'a répondu qu'il ne pouvait plus me parler. Le patron venait de lui signifier qu'il ne le payait pas pour taper la discussion. J'ai lancé alors mon va-tout, d'une voix étranglée par l'émotion. Romain, je suis certaine que Calypso souffre aussi ! J'ai fait des erreurs avec elle, c'est vrai, mais donne-nous une chance. Au moins, si tu ne le fais pas pour moi, fais-le pour elle… Un silence. Il m'a regardée droit dans les yeux, je me suis sentie comme une petite fille réprimandée. OK, rendez-vous, demain soir, au Béteil, vingt et une heures. Il avait lâché ça à toute vitesse, en marmonnant, avant de faire demi-tour et de s'en retourner à l'intérieur du café. Un instant je me suis demandé si j'avais bien entendu. Mais mon cœur qui s'était mis à battre la chamade me le confirmait.

Tout va bien, je suis libre. Six mots, c'était tout. Et c'était *tout.* Tout pour moi. Six mots qui avaient la force de la délivrance. Six mots qui mettaient fin aux pires cauchemars. Six mots, les derniers que tu avais adressés à Romain, début septembre. Six mots accompagnés de l'exigence d'une promesse, celle de les tenir secrets le plus longtemps possible. Six mots que j'ai relus plusieurs fois pour mieux les ancrer dans ma tête. Six mots comme une renaissance.

J'ai posé le Smartphone sur l'herbe, à côté de moi. L'écran est resté allumé quelques secondes, découpant un rai de lumière rectangulaire. Dans cette clarté inattendue, force bestioles s'ébattaient, semblant se réjouir de cette bonne nouvelle. J'ai cherché Romain, mes yeux ayant peine à s'acclimater à l'obscurité. Il se tenait assis, à quelques mètres de moi, me tournait le dos. Nous nous étions installés sur le petit terrain jouxtant *Lou Cantou*. L'été dernier, les gamins du village y disputaient de nombreuses finales de coupe du monde de football. Romain avait pris place sur la grosse pierre qui figurait le poteau droit du but. Merci, j'ai dit simplement. Je sentais les larmes me monter aux yeux. En ce début de nuit sombre, sans étoiles, je sortais d'un long tunnel et retrouvais la lumière. Mon père n'est pas au courant, a dit Romain, d'une voix atone. Je voudrais que vous me promettiez de ne rien lui dire. Je me suis levée et me suis approchée de lui. Je lui ai rendu son Smartphone. Promis.

Nous avons pris notre temps pour retourner à Feydit. Nous marchions à petits pas, comme deux athlètes qui recherchent leur souffle après un gros effort. Romain me raconta tout ce qu'il savait. Et il en savait beaucoup plus que moi. Durant les mois les plus difficiles, il avait été le confident de Calypso. Son seul soutien. Elle lui avait raconté combien elle avait souffert d'être la bonne petite élève, la première de la classe et la chouchoute des profs. Elle lui avait décrit le harcèlement qu'elle avait subi de la part des garçons et des filles. Jusqu'à cette farce de mauvais goût, cette jupe retroussée et cette photo qui avait fait le tour des copains et, pire, qui avait circulé sur les réseaux sociaux. Les moqueries avaient duré des mois jusqu'à ce qu'elle décide de s'en sortir par elle-même en devenant une rebelle respectée. Il avait essayé de la convaincre de tout me dire. Mais Calypso n'avait rien voulu savoir. Elle avait été jusqu'à lui affirmer que, moi, sa mère, je ne l'aimais pas. Je suis désolé, m'a dit Romain. Tu n'as pas à l'être, lui ai-je répondu, tu as été le seul à ne pas la trahir et à la respecter. Je me suis mise à pleurer, en silence, dans la nuit. Nous n'avons plus parlé.

J'ai reconstitué la chronologie des événements dans ma tête. Tu avais disparu le 30 mai. Tu n'avais plus donné de nouvelles à personne sauf quelques messages complices à Romain. Tu lui avais appris ta fugue – c'était le terme qu'il convenait d'utiliser dorénavant –, tu lui avais fait promettre de ne rien dire à son entourage. Tu l'avais assuré que tu passerais par l'Auvergne pour le voir. Mais tu n'étais pas venue de peur qu'on ne te retrouve trop facilement. Puis, tu avais évoqué un squat à Charenton, en juin, ces nuits terribles que tu avais affrontées, blottie dans un sac de couchage sale. Dans un autre message, tu disais avoir vendu ton téléphone et passer par les cybercafés. En juillet, tu lui avais annoncé ton intention de te rendre en stop dans le Sud-Ouest. Tu espérais y trouver du boulot. On t'avait parlé de bons plans pour les vendanges de septembre, notamment au domaine Vistrac, à Lesparre. Et début septembre, tu évoquais la magie de ce *bout du monde*, proche de l'océan. L'odeur des pins, de l'iode. Le vent dans tes cheveux. Enfin, ce dernier message où tu exprimais cette liberté gagnée.

Romain et moi nous sommes quittés devant le panneau *Feydit*. J'ai voulu lui faire une bise et me suis alors aperçue qu'il pleurait lui aussi. Je l'ai serré dans mes bras. J'ai essayé de trouver quelque chose à dire qui puisse le réconforter. Maintenant, nous sommes trois, et les autres, j'ai dit.

De retour à l'hôtel, j'ai cherché sur la carte routière où se situait exactement la commune de Lesparre. Et je l'ai trouvée, nichée au cœur du Médoc. Ça ne m'a pas étonnée que tu aies choisi ce coin-là pour te réfugier. Protégé par les remparts de l'océan, à l'ouest, de l'estuaire, à l'est. Ton choix était malin. Par contre, je m'interrogeais sur la manière dont tu avais pu t'y prendre pour te faire embaucher au domaine Vistrac. Certainement avais-tu triché sur ton âge. Je me suis allongée sur le lit, la carte dépliée sur moi comme un drap. Je t'imaginais, au milieu des vignes, ta hotte sur le dos, le visage dégoulinant de sueur. Ça avait quelque chose de rassurant. Et d'un peu étonnant aussi car je ne t'avais vue boire du vin qu'en de rares occasions, le mariage d'une cousine, un réveillon du Nouvel An où ton grand-père t'avait forcée à goûter un nectar de trente ans d'âge. À chaque fois, tu avais fait la grimace. Maintenant, peut-être, aimais-tu ça. Tu gagnais le droit d'en boire, en tout cas.

Il me fallait appeler ton père et ta sœur pour les rassurer. Devais-je leur dire toute la vérité ou la transformer un peu ? J'avais le reste de la nuit pour y réfléchir. Il me semblait qu'il était préférable de ne pas précipiter les choses. J'ai décidé que j'allais leur dire le strict minimum. J'avais retrouvé ta trace, tu semblais bien portante mais je ne savais pas exactement où tu te trouvais. J'allais m'en tenir à ça. Je ne voulais pas que ton père vienne te chercher. J'avais le sentiment que cela risquait de tout gâcher. Quelque chose devait être réparé entre nous deux. Je me sentais tellement responsable de ton départ qu'il me semblait naturel que ce soit moi qui vienne te rejoindre la première.

Et puis, il y a eu ces heures, d'avant le lever du jour, où, épuisée, j'ai repensé à tous ces moments d'angoisse accumulés et à tous ces visages contrits qui s'étaient succédé devant moi, durant trois mois.

Et parmi ces visages, ceux des policiers qui avaient bâclé l'enquête.

J'ai d'abord téléphoné à Marie. Elle était en cours avec ses troisièmes. Elle avait vu mon nom s'afficher sur l'écran de son portable, s'était permis de décrocher. Oui, je te promets qu'elle va bien, mes sources sont sûres. Maman, je voudrais te rejoindre. Ça ne sert à rien, elle n'est pas avec moi. Et pour être sûre qu'elle n'insisterait pas, j'ai ajouté, et puis je suis à Marseille, c'est loin. Le bruit diffus de la classe qui s'agitait, là-bas, sans pitié. Si c'est un faux espoir, je ne m'en remettrai pas, a dit Marie, la voix étranglée par l'émotion. Puis, elle a ajouté, j'ai peur. Ne t'inquiète pas, je suis là, j'ai répondu en m'efforçant de prendre le ton le plus rassurant possible. Et la police ? Tu ne crois pas qu'il faudrait prévenir la police ? La rumeur, derrière elle, s'était atténuée. Marie était certainement sortie de sa classe. Non, je ne crois pas. Il ne faut pas brusquer les choses. C'est une fugue. Et la police ne résoudra pas le problème, bien au contraire. Apparemment, j'ai dû faire preuve de conviction car Marie n'a pas insisté. Je te tiens au courant, mais maintenant, il faut que je prévienne ton père. Après un temps de silence, c'est moi qui ai raccroché la première.

J'ai hésité à appeler Sylvain dans la foulée. Je me sentais exténuée. Je n'avais pas beaucoup dormi, une poignée d'heures seulement. Je me demandais comment Marie, de son côté, allait trouver la force de poursuivre son cours. J'espérais que ses élèves se rendraient compte de son état et feraient preuve de compassion. Je suis tombée sur le répondeur de Sylvain. Sa voix, froide et efficace, veuillez laisser votre message après le bip, je vous recontacterai. Je n'ai rien laissé. Et je nourrissais l'espoir qu'il mettrait du temps avant de me rappeler, le temps nécessaire pour préparer mes phrases. Je suis descendue, j'ai laissé à main droite la salle où m'attendait mon petit déjeuner – c'était la deuxième fois ces derniers jours mais je n'avais vraiment pas faim –, je suis passée devant le comptoir d'accueil, salut rapide à la patronne et je me suis retrouvée dehors, dans l'air lavé du matin.

À croire qu'eux aussi avaient appris la bonne nouvelle. Ils s'étaient disposés en rangs serrés, comme pour un défilé, avançaient lentement, semblant vouloir profiter le plus longtemps possible de ma présence, se nourrir de ma légèreté. C'était une flopée de cumulus, étincelants, aux formes rebondies. Partout où se portait mon regard, il s'en trouvait jusqu'au bout du bleu. Et ils souriaient tous. Oui, en ce matin frais et ensoleillé, les nuages souriaient.

Ça m'a fait un choc de tomber nez à nez avec moi. Je me souriais, l'air pleinement satisfait, un rien de supériorité dans l'expression du visage. Je me dépassais d'une bonne tête. Pour tout dire, je m'agaçais.

L'affiche couvrait presque l'intégralité de la porte d'entrée de la Maison de la Presse. Cette photo, je la connaissais par cœur mais c'était la première fois que je la regardais vraiment. Ma maison d'édition avait réalisé ce portrait, l'année dernière, pour la promotion de mon livre sur les insectes. On avait cru bon d'ajouter deux énormes fourmis, modèles clip art, qui portaient ma pomme sur leur dos. En dessous, quelques lignes annonçaient la venue de l'autrice de « l'excellent » ouvrage dont la couverture figurait également sur l'affiche. La rencontre était prévue pour le surlendemain. J'avais fini par l'oublier avec tout ce qui s'était passé ces derniers jours. J'ai hésité à appeler Flavio, pour lui dire que j'avais réfléchi, que je ne souhaitais plus participer à cette séance de dédicace, pour qu'il prévienne la dénommée Viviane. Et dans la foulée, je lui annoncerais que j'avais retrouvé la trace de Calypso. J'ai renoncé. À cette heure-là, il devait se trouver, comme Marie, devant ses élèves. J'ai poussé la porte. Un joli grelot, désuet, a salué mon entrée. En fait de Maison de la Presse, il s'agissait plus exactement d'un commerce de souvenirs en tous genres où, accessoirement, étaient vendus, outre des magazines et des journaux, des ouvrages régionaux, quelques livres de poche sur tourniquet. Le mien trônait sur l'unique table. À la caisse, la patronne, une petite vieille plutôt menue, discutait avec une habituée. La conversation, pour ce que j'en percevais, portait sur l'organisation d'une soirée loto. J'ai traîné devant les rayonnages puis, lorsque la voie a été libre, je me suis présentée devant le comptoir de caisse. J'attendais une réaction – un sourire, une exclamation, enfin, une marque de stupeur devant l'autrice en chair et en os –, non, rien de tout cela. La petite vieille s'est contentée de me saluer, de sa voix fluette. Un bonjour presque inaudible. Puis, elle m'a tourné le dos pour ranger un lot de stylos bille dans une boîte prévue à cet effet, posée derrière elle. Elle n'avait pas fait le lien avec la photo de l'affiche. Je le savais depuis un bout de temps mais j'en avais une nouvelle fois la confirmation, j'étais une autrice extrêmement inconnue. J'ai préféré ne rien dire avant d'évoquer tout ça avec Flavio. J'ai pris un briquet sur le présentoir le plus proche, je l'ai réglé et je me suis dirigée vers la sortie. À cet instant, la voix fluette se fit entendre dans mon dos. Oh, mais vous êtes notre autrice ! Excusez-moi, je ne vous avez pas remise. Soyez la bienvenue !

J'ai remonté la grand-rue jusqu'à la place du Cézallier où je me suis assise sur un banc. J'étais décidée à attendre là le coup de fil de Sylvain. Tout en faisant tournicoter entre mes doigts le briquet que je venais d'acheter, je repensais aux mots de Viviane, quelques minutes auparavant. Avec son énergie et son enthousiasme que j'avais senti sincère – elle m'avait promis de tout faire pour que la soirée soit une réussite –, elle m'avait convaincue de rester encore deux jours avant de partir du côté du Médoc.

Sur le briquet, un dessin en couleur représentait Vercingétorix avec une chevelure flamboyante. Il brandissait son épée au-dessus de sa tête et semblait prêt à mener à bien tous ses combats.

J'étais rentrée à l'hôtel lorsque Sylvain m'a finalement rappelée en fin de matinée. Notre conversation n'a pas duré plus de cinq minutes. Comme avec Marie, je suis restée assez évasive. Je n'ai pas dit où tu te trouvais. J'ai juste évoqué un SMS que j'avais reçu et par lequel tu me disais que tout allait bien. Je ne souhaitais pas que Sylvain prévienne la police ni qu'il remue ciel et terre pour relancer l'enquête du côté de Lesparre. Il m'a redemandé où j'étais. Il devait penser que je ne lui avais pas dit la vérité, l'autre jour. C'était un des penchants de Sylvain d'extrapoler, de s'imaginer des situations qui n'existaient pas. Combien de fois nous nous étions disputés pour des motifs qui n'avaient pas lieu d'être, des choses liées à son manque de confiance envers moi. Pour le coup, ses doutes étaient fondés. Je lui ai sorti le même mensonge qu'à Marie, je me trouvais du côté de Marseille. Il m'a remerciée de l'avoir prévenu. J'ai cru un instant qu'il allait ajouter quelque chose, mais non, il a raccroché.

À nouveau, j'ai failli appeler Flavio. J'étais impatiente de lui annoncer la bonne nouvelle. Il fallait que je le fasse sans trahir Romain. Il était midi passé, libéré de ses élèves, il devait être en train de déjeuner. Je me suis abstenue. Je trouvais finalement qu'il était mieux de se voir. Je pouvais me rendre chez lui, en fin de journée. J'avais donc tout l'après-midi à consacrer à mes paréidolies.

J'ai pris ma voiture et je me suis engagée, au hasard, sur la première route qui partait d'Allanche. La D39 s'éloignait en direction d'Anzat-le-Luguet. J'ai roulé pendant une demi-heure. La route montait, tantôt sinueuse entre les arbres des massifs forestiers, tantôt rectiligne au milieu des étendues d'herbe où paissaient de nombreux troupeaux, des vaches de race salers, pour la plupart, aisément identifiables à leur robe marron et leurs longues cornes en forme de lyre. Avec cette route qui ne cessait de monter, j'avais l'enivrante sensation de m'envoler, de me rapprocher de mes chers nuages, qui, toujours aussi nombreux, semblaient mettre leur force en commun pour me tirer comme des chevaux de trait. Je me suis arrêtée au bout d'une vingtaine de kilomètres, au sommet d'une colline où l'horizon se dévoilait à 360 degrés. J'ai garé ma voiture sur le bas-côté et j'ai pris un chemin, au milieu des prés, jusqu'à un vieux chêne isolé qui m'attendait là, stoïque, depuis plus de deux cents ans.

Je me suis allongée, la tête calée contre une racine. L'herbe sèche offrait un matelas plutôt confortable. J'ai préparé mon appareil-photo et l'ai posé à côté de moi. Là-haut, la ronde des visages a pu commencer. D'abord, ce nuage aux deux boursouflures opposées, légèrement frisottantes à leur base, les joues rebondies et la barbe du père Noël, puis celui-là, qui laissait apparaître deux trouées filandreuses au centre, les lunettes du Prof des sept nains. J'essayais de dénicher des pointes saillantes que j'associais immédiatement à ton visage anguleux. Je te voyais tantôt de face, tantôt de profil, souriante ou la plupart du temps rêveuse. À chaque fois, j'en éprouvais un doux frisson. Je te sentais toute proche, qui veillais sur moi. Dans un geste illusoire, j'ai tendu la main vers les nuages avec le désir insensé de les attraper et de les serrer contre ma poitrine.

Il ne faut pas perdre de temps, a dit Flavio que la nouvelle avait rempli de joie. Il a fait mine de se lever puis s'est ravisé, réalisant que nous n'étions quand même pas à la minute près. Nous nous tenions assis en bout de table. La lumière, qui entrait en abondance par la fenêtre, se posait sur la surface de bois, en reflet blanc. Nous avons regardé en silence les mouches, patineuses lilliputiennes, faire moult figures sur ce lac gelé, puis Flavio a ajouté, tant pis pour la dédicace, ça peut bien attendre une autre fois. J'ai regardé son front légèrement bombé qui lui donnait ce visage volontaire et sérieux mais non dénué de douceur. J'y ai décelé aussi quelques plis qui montraient qu'il était soucieux. Il s'en voulait sûrement d'avoir été l'instigateur de cette rencontre à la Maison de la Presse que je n'allais vraisemblablement pas honorer. Je l'ai rassuré. Nous étions mercredi soir. La dédicace étant prévue pour le vendredi, je ne disposais que de deux jours. Dans ce laps de temps, il me semblait difficile de faire le voyage aller-retour pour Lesparre. Alors, autant rester deux jours de plus. Et puis, quelque chose me retenait de partir sur-le-champ. C'était le premier espoir depuis de nombreuses semaines et je voulais en jouir tout mon saoul, avant une déception possible. Rien ne m'assurait que tu te trouvais encore à Lesparre. J'avais un ami qui avait fait les vendanges, a dit Flavio. Nous étions ensemble à la fac. Il avait raté les premiers cours pour s'en aller dans le Bordelais se faire un peu d'argent. Flavio regardait fixement devant lui. Il semblait loin, quelque part du côté de ses vingt ans. Avec le geste brusque qu'il ferait pour effacer une ardoise, il a remis en place sa mèche de cheveux et il a poursuivi, c'est un boulot de dingue, toute la journée, à croupetons, au milieu des vignes, pas le temps de boire, ni de pisser. Quand il était revenu, le travail intellectuel lui avait semblé une douce rigolade. Il m'a regardée droit dans les yeux. Si ça se trouve, pour Calypso, ce sera la même chose. Tout lui paraîtra une douce rigolade. Elle n'en ressortira que plus forte, grandie. J'ai souri. Son optimisme faisait du bien. Et sous la table, j'ai croisé l'index et le majeur de chacune de mes mains.

J'ai demandé où était Romain. Flavio m'a répondu que ses cours se terminaient plus tard le mercredi, qu'il irait le chercher à Massiac vers vingt heures. J'ai proposé de l'accompagner, il a accepté. J'avais respecté ma parole, je n'avais pas dit à Flavio d'où me venaient ces dernières nouvelles te concernant. Mais je pensais qu'il était préférable d'être présente lorsque Flavio et Romain se retrouveraient. Histoire de contrôler les choses. Je voulais m'assurer que Romain comprendrait que je ne l'avais pas trahi. C'était la première fois depuis un long moment que j'avais l'impression d'avoir la main sur les événements. Il sera heureux d'apprendre la bonne nouvelle, a dit Flavio, il m'a si souvent parlé de Calypso. Il a beau avoir une nouvelle petite amie, depuis qu'il a appris sa disparition, il s'est interdit d'être joyeux. Il reste la plupart du temps enfermé dans sa chambre. Flavio a regardé le plafond. Je n'entends même plus sa musique. Il y a tellement de choses qui ont changé, j'ai renchéri. Flavio m'a regardée fixement comme s'il attendait davantage de mots de ma part mais je me suis arrêtée là. Le reste, c'est dans ma tête que je l'ai formulé. Ma vie ressemblait à des wagons que j'avais assemblés patiemment en convoi et qu'une multitude d'aiguillages avaient dispersés au moment où ils atteignaient leur pleine vitesse. Tout était allé si vite. Sylvain d'un côté, Marie de l'autre et toi, Calypso, qui avais poussé l'absence jusqu'à son paroxysme.

Flavio et moi avons partagé un morceau de fromage – Romain aura déjà mangé quelque chose à Saint-Flour, avant de prendre le car – puis nous avons sauté dans ma voiture, direction Massiac. Nous avons roulé une demi-heure, à la nuit tombante, avec, par intermittence, dans la lumière des phares, des averses obliques de minuscules feuilles jaunes. L'automne est là, ont été les seuls mots prononcés.

Sur le trajet du retour, j'ai été assez surprise par la facilité avec laquelle Romain a donné le change à son père. On avait vraiment l'impression qu'il venait tout juste d'apprendre la nouvelle.

Nos regards se sont croisés à plusieurs reprises dans le rétroviseur intérieur. Dans le reflet, ce n'était pas l'automne. Ça rayonnait de la lumière du printemps. J'ai pensé que le poids des secrets assombrissait toujours l'horizon.

Durant ces deux jours d'attente, régulièrement, des altocumulus lenticularis ont empli le ciel au-dessus du Cézallier. L'altocumulus – les notes que j'avais consignées dans un petit carnet étaient formelles – annonçait à coup sûr un changement de temps. Qui plus est, ceux-là étaient de l'espèce lenticularis, très appréciée des pilotes de planeurs par le fait qu'ils indiquent la présence d'ondes de gravité pouvant produire des courants ascendants, et ce sans aucune turbulence en altitude. Effectivement, depuis deux jours, je planais. Je nous imaginais, Calypso et moi, nous tenant par la main, en train de faire des figures dans le ciel, circonvolutions, pirouettes, légères comme des plumes, à la manière de ces personnages dessinés par Jean-Michel Folon qui peuplaient, tard dans la nuit, les écrans de télévision de ma jeunesse. Mais, là, en l'occurrence, c'était plutôt le point du jour que je sentais venir.

Flavio était occupé à préparer le buffet, s'affairant en tous sens, de sorte qu'il ne m'avait pas vue entrer. Le grelot de la porte n'avait pas interrompu l'agitation qui régnait dans la Maison de la Presse. Deux personnes me tournaient le dos, penchées sur des cartons, occupées à en sortir des livres par paquet de dix. Sur une longue table, des verres étaient rangés, qu'on avait pris soin de disposer selon différentes formes géométriques, triangles, losanges et cercles – leur nombre témoignant d'un réel optimisme sur ma capacité à mobiliser les foules. Je suis restée un moment, immobile, cachée derrière un présentoir de cartes postales. La séance de dédicace devait commencer une demi-heure plus tard et seul un couple de petits vieux semblait attendre l'heure dite en musardant au fond du magasin. Flavio chantonnait en découpant des parts dans les gâteaux qu'il avait confectionnés, posés à côté des verres. J'ai reconnu la chanson de Michel Fugain, *Fais comme l'oiseau*. Il avait l'air de planer, lui aussi. Il a fini par m'apercevoir, un large sourire s'est posé instantanément sur ses lèvres. Vous étiez là ? Vous auriez pu le dire. Comment allez-vous ? L'autrice n'est pas trop stressée ? Il avait balancé ça en rafale. C'était lui qui paraissait le plus excité par l'événement. Venez, je vais vous présenter. Il m'a pris le bras et m'a conduite au fond du magasin où s'activaient les deux personnes autour des cartons. Il s'agissait de Viviane et de sa fille Angélique (un ange joufflu). Flavio a été un peu surpris de constater que Viviane et moi nous connaissions déjà. Viviane m'a rappelé que la soirée allait se dérouler en trois temps. Une discussion animée par Flavio, suivie d'un temps de signature puis d'une petite collation. Je me suis tournée vers Flavio, vous allez donc m'interviewer ? Oh, j'ai préparé des questions toutes simples, a répondu Flavio dont le rougeoiement des pommettes trahissait une certaine confusion.

La soirée s'était déroulée effectivement en trois temps. Et, à ma grande surprise, le public avait répondu présent. Une vingtaine de personnes s'était massée dans la Maison de la Presse. Parmi elles, quelques édiles et personnalités. Le maire, son adjointe à la culture, le médecin d'Allanche. Après les discours de circonstances, Flavio avait mené la conversation avec intelligence et sensibilité, il avait réussi à faire ressortir des choses que je n'avais pas eu conscience de mettre dans mon livre. Mes insectes avaient connu leur heure de gloire même auprès des agriculteurs présents – Viviane et Flavio avaient sans nul doute fourni des trésors de persuasion pour faire venir un public habitué à se coucher tôt ! –, qui étaient repartis chamboulés en se disant qu'un monde insoupçonné existait sous les roues de leur tracteur. J'avais signé une bonne quantité de livres et Viviane avait terminé la soirée en se frottant les mains de contentement. Il était presque vingt-trois heures lorsque Flavio et moi étions ressortis. Nous avions marché dans les ruelles désertes, silencieux, encore enivrés par l'agitation, les oreilles rouges dans l'air humide et froid de ce début de nuit. Flavio m'avait raccompagnée jusqu'à la porte de mon hôtel. Je vais partir pour Lesparre, demain matin, lui avais-je dit au moment de nous séparer. Vous m'avez offert une magnifique soirée. J'ai rarement eu un tel plaisir à échanger avec des lecteurs. C'était une belle surprise. Je vous remercie pour tout. Vous direz au revoir à Romain de ma part. Je lui dirai, promis, avait répondu Flavio, l'air un peu absent. Soyez prudente sur la route. Et si le cœur vous en dit de revenir dans le coin, n'hésitez pas. Quatre bises échangées puis Flavio avait souri avant de lâcher : et voici venir un long hiver… Je m'étais demandé ce qu'il voulait dire. J'étais restée sans réponse. Il m'avait tourné le dos et s'était éloigné rapidement dans la nuit, si rapidement que ça ressemblait à une fuite.

Un océan gris, uniforme, sans la moindre nuance où accrocher le regard, tel était le ciel lorsque je suis partie d'Allanche. Une belle couche d'altostratus. Ma traversée devait me mener par l'autoroute A89 jusqu'à Bordeaux. De là, une départementale, épine dorsale du Médoc, me conduirait à Lesparre. Je m'étais renseignée sur le Château Vistrac. Le domaine possédait un site Internet. Trente-cinq hectares au-dessus de Lesparre. Vente à la propriété. Visite et dégustation sur rendez-vous. Cépages : 40 % merlot, 60 % cabernet sauvignon. Il était dit que sur un sol argilo-calcaire de peu d'épaisseur, avec une densité de plantation assez faible, on élevait un cru bourgeois de première qualité. Au fur et à mesure que les vignes vieillissaient, les vins prenaient de l'ampleur et démontraient la bonne tenue du terroir. Les extractions étaient assez fortes mais le vin possédait la concentration nécessaire pour les supporter. Je me demandais ce que pouvait signifier ce terme d'*extraction*. Je n'avais pas cherché plus loin. Tu pourrais peut-être m'éclairer là-dessus. Par moments, l'euphorie me prenait et je fantasmais. Je nous voyais, assises au milieu des vignes, devisant, une bouteille de vin ouverte à nos côtés, ou bien allongées côte à côte dans l'herbe, calant nos respirations l'une sur l'autre. À d'autres moments, c'était l'angoisse qui s'invitait et je t'imaginais regarder dans ma direction, m'observer descendre de la voiture et t'enfuir à nouveau en me reconnaissant. Allais-tu me pardonner ?

J'ai roulé sans faire de pause et il était à peine quinze heures lorsque je suis entrée dans la ZAC de Lesparre. Comme partout, les mêmes magasins anonymes logés dans des hangars glauques. Chaussures, meubles, cuisines, surgelés. Rien n'indiquait que j'étais arrivée dans un pays de vin. J'ai traversé la ville sans m'attarder (juste plus attentive aux piétons que j'apercevais, des fois que…) et j'ai suivi les instructions, figurant sur le site Internet, qui indiquaient comment se rendre au domaine. Passé deux kilomètres, il fallait tourner à gauche et prendre un chemin vicinal d'une inquiétante étroitesse, mais goudronné quand même, qui serpentait au milieu des vignes. Étonnamment, alors que la région depuis Bordeaux présentait un relief quasi inexistant, la petite route filait en légère montée. Cela n'était pas pour me déplaire. L'horizon qui s'offrait devant moi s'en trouvait, aux trois quarts, constitué de ciel. Le gris commençait à céder la place à un bleu pâle tacheté de blanc. Tu allais peut-être me donner rendez-vous entre deux cumulus.

Le château Vistrac n'avait rien d'un château. Il tenait plutôt de la grosse ferme. Trois bâtiments, une cour carrée, deux marronniers au milieu. J'ai garé ma voiture le long de la grange à droite. D'autres véhicules stationnaient devant le corps d'habitation. Je me suis approchée. Une porte était ouverte et découpait un rectangle sombre sur la façade. Deux pancartes, accrochées aux volets. *Bienvenue*, d'un côté, *Ouvert*, de l'autre. Tu avais toi aussi été accueillie par ces deux mots. J'ai respiré un grand coup. L'air était chargé d'effluves âcres de raisin. Quelque part, pas loin, tu respirais peut-être la même odeur.

Quelques clients, des caisses de vin à leurs pieds, finissaient de discuter avec une femme à l'allure sophistiquée se tenant derrière un comptoir constitué de tonneaux vernis. Ma présence a donné le signal de départ. Le petit groupe s'est ébroué avec force exclamations et plaisanteries. Ce sera plus facile à vider qu'à porter ! La femme les a regardés partir puis m'a saluée et m'a demandé ce qu'elle pouvait faire pour mon bonheur. Elle n'avait pas affaire à une cliente et quelque chose dans son attitude – elle avait replié le livre de compte – laissait à penser qu'elle l'avait deviné. J'ai dit que j'étais la mère d'une jeune fille qui était employée au domaine. Elle s'est empressée de rectifier. Vous voulez dire une saisonnière ? Parce que les employés, c'est tout de la famille. J'ai acquiescé et j'ai décliné ton nom et ton prénom. Les prononcer me donnait l'impression de faire corps avec toi ; un sentiment de puissance, de détermination, d'autant plus fort que je sentais mon interlocutrice sur la défensive. Vous savez, on ne les connaît pas tous par leur vrai nom. Très vite, ils se donnent des surnoms, des diminutifs. Il faut que je regarde sur notre registre. Elle s'est éclipsée par la porte qui se trouvait derrière elle. Lorsqu'elle est revenue, un grand type moustachu l'accompagnait. Une baraque. J'ai cru un instant qu'il venait pour me rembarrer. Sa voix, douce, m'a rassurée. Alors, comme ça, vous êtes la mère de notre petite Soso ? Devant mon air étonné : oui, c'est le surnom qu'on lui donne, ici. Une brave gamine. Courageuse, et de bonne composition. Il m'a tendu une pochette cartonnée qu'il avait ouverte. Elle contenait divers documents imprimés, la photocopie de tes papiers d'identité. Tu avais trafiqué ta date de naissance. Mais, ce qui me déroutait le plus, c'était ce diminutif, Soso. Ça faisait une éternité que je ne t'avais pas appelée de cette façon. Je ne sais pas si vous pourrez la voir dans l'immédiat, a continué le moustachu, elle est sur le terrain à cette heure-ci. J'ai dit que ce n'était l'affaire que de quelques instants, une commission urgente à faire à ma fille. Visiblement, ça avait l'air d'ennuyer mon interlocuteur. On comprenait par sa réticence que le vin passait avant tout et ne souffrait pas la moindre contrariété. Il m'a finalement indiqué comment rejoindre la parcelle en traitement. Il avait utilisé ce mot traitement comme s'il s'était agi d'un patient aux mains d'une équipe médicale. Je l'ai remercié et, pour ne pas être en reste, j'ai acheté une caisse de six bouteilles, le premier millésime qu'il m'a conseillé.

J'ai repris ma voiture. J'ai eu du mal à trouver ma route, me demandant à chaque intersection si on ne m'avait pas envoyée au diable. Mais, passé un hameau de trois ou quatre maisons, succédant à un champ coupé ras, à main droite, j'ai aperçu une étendue de plusieurs hectares de vignes avec, à proximité, des véhicules garés, fourgons, tracteurs et remorques. On devait m'avoir entendue arriver de loin et, même bien occupé, c'était certain, on avait observé ma progression. Les derniers hectomètres m'ont paru durer une éternité, avant que je me range sur le bas-côté.

Ils étaient une bonne trentaine accroupis entre les rangs de vignes. Des hommes mais aussi des femmes. Et alors que je m'attendais à ne voir que des jeunes, je distinguais des cheveux grisonnants au milieu des têtes. J'ai marché le long du chemin, passant en revue les allées. Un type est venu à ma rencontre, certainement une manière de contremaître. Il portait un chapeau de cow-boy qui lui donnait des allures de gaucho argentin. Il m'a demandé si je cherchais quelqu'un. J'allais lui répondre lorsqu'une ombre s'est déployée, trois rangs de vignes plus loin. Un épouvantail monté sur ressorts.

Et ton sourire, une fraction de seconde, même suivi d'une moue impassible, m'a fait revivre.

Tu avais maigri. Et bronzé aussi. Tu paraissais plutôt en forme. Silencieuses, nous nous sommes assises, côté à côte, à l'ombre d'un tracteur. Tu avais lâché seulement deux syllabes, maman, qui tournoyaient encore autour de moi, comme prises dans une tornade. Le cow-boy nous a lancé un sale regard, par en dessous, puis s'est éloigné. C'est toi qui as parlé la première. Tu m'as demandé comment je t'avais retrouvée. J'ai répondu que ça n'avait pas d'importance. Que plein de choses, d'ailleurs, n'avaient plus d'importance. Je suis heureuse d'être près de toi. La phrase m'est sortie naturellement, comme une source peut sourdre de terre. J'ai continué à te parler. J'ai eu si peur de te perdre. Tu sais, je m'en veux terriblement. Je n'ai pas été à la hauteur mais je te promets de me rattraper. Je sentais ton regard posé sur moi. Je regardais les rangs de vignes qui s'étendaient à perte de vue devant nous. Quelqu'un a lâché une plaisanterie. Trop éloignée pour que nous puissions en saisir le sens. Des rires ont fusé. J'ai dit que j'avais passé quelques jours en Auvergne, à Allanche. Tu vois, j'ai fait une fugue, moi aussi ! Tu as esquissé un sourire. Tu as dit, c'est bien, marqué un silence, avant d'ajouter, tu as loué la même maison que l'année dernière ? Non, ai-je répondu, c'est beaucoup trop grand pour moi toute seule. D'ailleurs, depuis que tu es partie, tout est toujours trop grand, ou trop petit. Rien ne convient, et ça me rend malheureuse. Tu as regardé l'horizon, longuement. Tu vas vouloir me ramener avec toi ? Je n'avais qu'une envie, te répondre par l'affirmative. J'ai dit non. Tu me feras signe quand tu voudras rentrer. Et puis, ils ont besoin de toi, ici. Vous n'avez pas fini. Et j'ai hâte de le goûter, ce vin !

Maman !

Et il n'y a plus eu besoin de mots. Tu t'es tournée vers moi, nous nous sommes prises dans les bras. Et nos larmes se sont mélangées.

J'ai hésité à reprendre tout de suite la route. Je pouvais dénicher un hôtel à Lesparre – j'en avais repéré plusieurs à mon arrivée –, y passer la nuit et partir seulement le lendemain. Mais si je tardais, il serait encore plus difficile de mettre de la distance entre nous. Et puis, au fond de moi, j'étais rassérénée. Je savais que je ne rentrais pas bredouille. Sur ce chemin de halage du bord de Loire, où j'avais rencontré un pêcheur sans hameçon, je m'étais interrogée sur le nombre de fois que j'avais prononcé ce mot. Ici, j'avais une certitude, je ne l'avais jamais formulé dans ma tête avec l'esprit aussi léger.

J'ai allumé mon Smartphone. J'ai tapé sur l'icône « galerie ». La photo est apparue. Celle que j'avais prise quelques minutes plus tôt. Sur ce selfie, nos deux visages se touchent, joue contre joue. Nous sourions, toutes les deux. Derrière nous, le ciel est parfaitement bleu. Un bleu intense, profond. Un nuage se détache juste au-dessus de l'horizon. Un cumulus. En l'observant bien, on peut y voir une forme de colombe. J'ai regardé longuement cette photo, jusqu'à ce qu'elle vienne, s'imprimant définitivement sur ma rétine, remplacer celle qui m'avait torturée durant des semaines.

J'ai programmé ma destination sur le GPS. Départementale 1215 jusqu'à Bordeaux, autoroute A89 jusqu'à l'embranchement avec l'A71 au nord de Clermont-Ferrand, puis l'A10 à partir d'Orléans, jusqu'à Paris. Six heures de trajet. J'ai aperçu ma carte Michelin qui traînait sur le tableau de bord. Peut-être la réticence à confier mon chemin, et par là même mon destin, à une machine, j'ai voulu vérifier mon trajet sur papier. J'ai remonté la ligne épaisse, jaune et rouge, de l'A89. Avant Ussel, le trait sinueux et jaune d'une départementale partait sur la droite en direction de Riom-ès-Montagnes. Le fin cheveu blanc d'une autre départementale menait jusqu'à Allanche et Feydit. J'ai vu alors la façade de la maison, à l'entrée du hameau, éclairée par les phares de ma voiture, des volets fermés qui laissent passer un rai de lumière, ma main qui frappe, la porte qui s'entrouvre.

Et, avant d'entrer, un dernier regard vers un ciel étoilé, sans nuages.

Composition et mise en pages
Nord Compo à Villeneuve-d'Ascq

Cet ouvrage est imprimé sur du papier
issu de forêts gérées durablement.

CET OUVRAGE
A ÉTÉ ACHEVÉ D'IMPRIMER
SUR ROTO-PAGE
PAR L'IMPRIMERIE FLOCH
À MAYENNE EN MARS 2024

Dépôt légal : avril 2024
N° d'édition : 66956/01 – N° d'impression : 104502

Imprimé en France